站在大地上的人

王益明 —— 著

浙江文艺出版社
Zhejiang Literature & Art Publishing House

U0112262

华翔集团董事局主席周辞美

周辞美与妻子赖彩绒

华众控股董事长周敏峰

华翔电子董事长周晓峰

周辞美全家福（摄于2017年元旦）

周辞美与华翔西周号

2004年欧洲行

2005年华翔电子上市

求学时期的周辞美

2006年日本考察

2009年台湾行

象山民盟成立20周年庆典合影（2019年）

2012年南风岗采茶

周辞美与华翔国际酒店员工在一起

宁波华翔2016年度经营工作总结暨表彰大会

宁波华翔职工活动中心投用(2017年)

周辞美参加宁波华翔职工活动中心投用典礼

目录

CONTENTS

笔者的话

许多年来，我一直想写一个人，用文字的形式真实地记录这个人的人生经历，他的奋斗与成就，他的经营理念，他的人生观与价值观，他的精神与内心世界，甚至他眼眸中传递出的慈悲与刻薄、谦逊与张狂，他的举手投足，他的喜怒哀乐、一颦一笑……

他使我困惑，也使我激动。

我渴望自己能走进他的内心世界。对于一个写作者来说，除了文字，其他任何的表达方式都无法抵达。

然而，我又发现自己很难抵达，他常常关闭着自己的心门，遮掩得严严实实，偶尔打开了，也只不过是露出一丝缝隙，甚至无法判断他的话哪句是真，哪句是假。

是岁月的沧桑，还是现实的残酷，熬成了他的世故？

多少个月光普照的夜晚，我凝视着波光粼粼的象山港，一支接一支地抽烟。

烟雾飘渺中，他一忽儿清晰，一忽儿模糊，让我难以捕捉。

曾经，他是个农民，家境困苦。

如今，他是一个光鲜亮丽的企业家，荣誉等身，象山工业领域的翘楚，一棵常青树，一座高峰，一面旗帜，稳坐着宁波市制造业排名靠前的位置。我清楚，这荣耀的背后一定凝集着苦难与艰辛、汗水与智慧、坚毅与奋斗。

当然还有大环境。

如果没有一个良好的环境，那么，纵使满身都是翅膀，也很难飞起来。

他是如此与众不同，白手起家，从零起步，在变幻无常的人生路上，创造了许多个看似不可能的奇迹，活出了精彩与潇洒。他的人生好比海浪，如此丰富多彩、波澜壮阔。

在他的身上，有着机敏、果敢的率性，也有诙谐、自嘲的智慧，有不屈不挠的志气，更有真诚的品质和善思的禀赋。他豪放而精明，直率又执拗，热情中掺杂着孤傲，开明却又专断任性。后来我还认识到，他的性格里更有着一股鲁迅先生所说的"台州式的硬气"，这种性格一直贯穿在他的整个人生中，这造就了他一生不向命运低头的倔强。

在我眼里，他就是一个谜，一个让我费尽心力也难以破解的谜；又像是一本厚厚的大书，每一页都精彩纷呈，字里行间，他迎着我阔步走来；他更是一座储量丰富的宝藏，时时呼唤我去探索与挖掘。

这个人，就是周辞美。

尽管，在此之前，有人曾对他尝试过各种创作手法的讲述，也确实留下了一定数量的篇章，有通讯、报告文学、小说、诗歌，甚至还有一个电影剧本。但在我看来，它们似乎都存在着一定的缺陷，只不过是这本大书里的薄薄几页。

"你要写，就必须写一个真实的周辞美。"几年来，每当我在他面前提起写他的时候，他就会这样对我说。

他的话让我想起了褚时健——一个从不向命运屈服的老人。当年，面对他的传记作者，他也曾经说过一句如出一辙的话。

但我知道，周辞美所指的真实，与我所想的可能存在着一些差异。在我看来，所谓真实，并不是指眼睛所看到的，更多的是指向内心的真实。

对于文学来说，尤为如此。

能否胜任？这当然是个问题。

但我不想放弃。

为此，我整整追踪了九年。

然而，多少个白天黑夜过去了，花开花落，四季交替，我却依然没有动笔，我甚至无法在键盘上敲下第一句话。为此，我痛苦，我彷徨，将栏杆拍遍，都无济于事。

我无法找到通向那座宝藏的入口，尽管在此期间，他曾无数次走进我的脑海。

终于有一天，我听到了自己内心发出的一声呼喊，宛如打开了一扇尘封多年的窗户，那座宝藏的入口在我的眼前露出了一线光亮。

那一天，我欣喜若狂，我的心"咚、咚"地跳着，像敲着一面鼓。

我想我是找到了。

于是，就有了下面的文字。

第一章
出生地

每个人的身上都会烙上时代的烙印，
这是谁也逃不掉的宿命。

——周辞美

像一只展翅的雄鹰，巨大的客机在万米高空平稳地飞行着。

这是 2012 年，从上海浦东机场起飞，飞往美国洛杉矶的航班。周辞美坐在靠近舷窗的位置上，椅背微微后仰。

他尽量使自己坐得舒服些。

短发，坚毅的目光中透着沉着与果敢，看上去不怒自威。不出声，就有一股先声夺人的气度。

他腰杆笔挺，敦实，脸庞丰润饱满，目光清澈有神，看上去比实际年龄要年轻得多。岁月似乎忘了要在他的脸上镌刻沧桑衰老的痕迹。

他的身旁坐着陪同他去美国的同事，他们是华翔集团的副总——郑国、郑才玉，华翔劳伦斯公司总经理——马至聪，以及数位工作人员。就在上一年，周辞美用 9400 万美元兼并了位于美国威斯康星的北方刻印，那是一家专业生产高档汽车内饰件的老牌企业，已有上百年的历史。如今，那儿的一千多个外籍员工已经全部"改姓"，改成了遥远中国东海边的一家民营企业的姓——宁波华翔。

上海—洛杉矶—威斯康星，大约需要 24 个小时，整整一天。

已是夕阳时分。

阳光斜斜地照射着舷窗。窗外，寂寞长空，云海无涯，滚动着棉絮一般厚厚的云层，就像大海里翻动的波涛。

他闭上眼睛，想睡一会儿，却怎么也睡不着，于是，他把目光移向窗外，痴痴地盯着。他觉得眼前高高低低的云絮颇像他经历过的人生。

有高峰，也有低谷。

他记起了20世纪90年代，自己第一次去美国的经历。在踏上飞机舷梯的一瞬间，他显得有点激动，甚至怀疑自己，毕竟在此之前，他是做梦也没想过，他竟会踏上美国的土地。个中原因很复杂，名字肯定是一个因素，辞美——在那个赶英超美的年代里，他自己改过来的。当时，改名的目的无非在宣示一种立场，表明与美帝决裂的态度。

可是，人生就是这样充满着戏剧色彩。一个曾经一穷二白的农民，一个年轻时立志与美、英划清界限的人，却在后来的岁月里，经常要踏上美国和英国的土地，还在那儿拥有了自己的工厂——英国的劳伦斯和美国的北方刻印。

就像是做了一场长长的梦。

这所有的一切，靠的是什么？

他曾无数次地这样问过自己。

结论只有一个——

靠邓小平，靠中国的改革开放！

假如说没有改革开放，他的人生将以何种形式、何种色彩呈现？

他不敢设想，也无法设想。

毕竟历史不能假设。

他举起手，轻轻拍了拍前额，似想把自己从梦中拉回来。随后，他将目光从窗外收起，合上眼帘，但许多往事依然像电影胶片一样在他的脑海里徐徐展开。

　　周辞美：宁波华翔集团董事局主席，拥有改革开放四十周年宁波市"卓越甬商"、浙江省功勋企业家、浙江省企业家"终身领袖人物"、第三届中国企业改革"十大风云人物"等多种荣誉称号。名字数次进入福布斯和胡润排行榜，家族拥有两个上市公司。小儿子周晓峰掌控的宁波华翔电子股份有限公司，2005年在深圳上市；大儿子周敏峰把舵的宁波华众，2012年在香港上市，其麾下的上百家企业遍布世界各地。2007年起，近70岁的周辞美把目光瞄向了海外，开始了兼并国外企业的大动作。目前，在美国、英国、德国、捷克、罗马尼亚等国皆有宁波华翔的一席之地。

　　早在1972年，周辞美就走上了办厂创业之路。他从几台手动塑料压机起家，到今天的国家高新技术企业、全国出口创汇先进企业、浙江省首批"走出去"示范企业、中国民营企业500强、世界汽配行业500强，整整走了五十年，亲手书写了一个又一个传奇。

　　五十年，说长不长，说短不短。如果以整个人类文明的时间长河作为坐标系，那五十年恐怕连个点都算不上。但如果以人的短暂的一生来衡量，那么，五十年又相当漫长，漫长到足以让一个朝气蓬勃的青年变成一个白发苍苍、牙齿松动的老者。

　　历史将永远铭记那一年，1978年，中国改革开放开篇之年。中国历史上前所未有地诞生了一个观念，那就是中共十一届三中全会提出的：以经济建设为中心。

　　改革的本质不是一场浮华的高高在上的意识形态运动，而是以亿万民众为主体的朴素的脱贫致富的伟大长征。

　　自那时起，依赖千千万万国民的意志力量和国家力量，中国形成了人类商业史上波澜壮阔的一次经济大潮，而立在潮头的则是企业家阶层。

观念与时代环境共舞，孕育了中国有史以来从规模到结构、从魄力到勇气都罕见的企业家群体，遍布于中国大地的成千上万的企业家，为新中国创造财富、增强实力的同时，也沉淀出丰富多彩的精神质地。

如今，我们已习惯将他们称呼为第一代中国民营企业家，他们的代表人物有鲁冠球、冯根生、南存辉、张瑞敏等人，背后还站立着一大群实业界的企业家。

广东、江苏、浙江是中国改革开放走在最前列的三个省份。目标尽管一致，改革的方式却因省而异，但最终呈现出殊途同归的壮丽景象。广东是采用从上而下的方法；江苏则是中间突破；只有浙江，是从下而上，采用倒逼式的渐进措施。也正因如此，一定时期内浙江是整个中国民营企业最活跃的省份，浙江的民营企业最多，民间资本也最为发达。据统计，截至2016年年底，浙江在册企业共计168.4万家，工商户360.2万户，浙江工商部门将它们称为"市场主体"，其中99%为民营，99%为中小微企业。

地处浙东沿海，自古就以商贾闻名的宁波，自然不可能错过这历史机遇，民营企业更是百舸争流，涌现出了沈国军、李如成、周辞美、茅理翔、马建荣等一大批优秀的企业家。

据2018年的统计，民营经济是宁波经济的最大亮点。从无到有，从弱到强，民营经济成为推动经济发展的主力军，贡献了全市80%的税收，约65%的GDP和出口额，85%的就业岗位，95%以上的上市公司和高新技术企业。17家宁波企业跻身"2017中国民营企业500强"，数量居全国城市第七位。

那么，作为宁波民营企业家的一分子，周辞美又是如何参与这场盛宴，如何书写他丰富的人生的呢？

宁波·西周

西周，是象山的西大门，与宁海相邻，与奉化、鄞州隔港相望。今天的西周镇是个大镇，下辖西周、下沈、儒雅洋、莲花四个片区。

改革开放以来，西周镇从东南沿海一个不起眼的海边小镇，一跃成为屹立于象山港畔的一颗耀眼明珠，镇域综合经济实力跻身全国千强镇第43位（2017年），相继被列入全国重点镇、省级小城市培育试点镇、中心镇、省小城镇综合改革试点镇。

工业实力尤其强劲。2017年，西周镇位列全省"百亿级"工业强镇第11位，并蝉联宁波市上榜乡镇第1名，牢牢占据乡镇工业领军地位，实现规上工业产值188.7亿，上缴税金10.7亿元。

其中，华翔集团就占据了半壁江山。

据《象山县志》记载："西周镇的西周村，因始祖周姓得名，旧有'西洲''西瀛'等别称。"它背依蒙顶山，面临西沪港，群山纵横，峰高林密。村民们大都依山而居。再后来，西周镇进行了大规模的高山移民，又经历了撤乡并镇，才形成了现在的西周镇。

从蒙顶山出发的两条宽阔的大溪自南而北，汩汩地蜿蜒而下，溪水清澈，经年不涸。一条叫大嵩溪，它流过周辞美的老家。另一条叫下沈溪，它流过赖振元的老家。然后，几乎是平行地流向西沪港，汇入象山港，最后流入东海。

蒙顶山海拔约600米，是象山境内的第一高峰。天台山就像是一条巨龙，在逶迤游向东海的过程中，在这个名叫西周的地方昂了一次头，于是就形成了这座高山。

西周素有"八山一水一分田"之称，可见山之多。与其他乡镇的山峦不同的是，西周的山上盛产毛竹，漫山遍野，葱葱茏茏。西周是象山最著名的竹乡。2017年，西周镇还获得了"中国竹乡"的称号。

雨过天晴的日子，淡云轻雾笼绵山，西周镇的半山腰上飘荡着一层轻纱般的薄雾，像悬浮着一条絮被。群峰耸立，阳光照射下来，翠竹婆娑，古朴的村庄若隐若现。

放眼望去，烟雨朦胧，宛若仙境。

起风了，伴随着"沙沙"的竹涛声，高低起伏的山坡上泛起一层层翠绿的波浪，与山下象山港的潮水遥相呼应。尽管村口自东向西有一条通向宁波的公路，依山傍海的西周也仍然像是大地上一颗"藏在深闺人未识"的璀璨明珠。

古人说：仁者乐山，智者乐水。有水的地方总是富有灵性，充满活力，是好地方。所以，千百年来，依山傍海的西周人养成了海浪一样的豪迈、大气，山一样的质朴、稳重，水一样的圆润、聪慧。也许是由于常年伴竹而居，他们骨子里更多了些坚定、虚心、奋发向上的元素。

认识西周人越久，你就越有这种感觉：他们勤劳、踏实，不怕苦，不畏惧；豪迈中透着精明，坚定中略带倔强、固执；他们多干少说，或者只干不说，重结果而轻过程，重行动而轻口号，一旦认准了方向，就会迈开大步，一路向前，是使命感、荣誉感特强的一群人。

也许，正是由于西周人拥有这样的特质，西周才能在寒风凛冽的2018年，在许多民营企业倒闭的情况下，依然一枝独秀，花开满苑。

多少年的日月精华才孕育出了西周这片山水！山水不语，却有着它精妙的安排，有着它自己的底蕴与悟性。西周这样一片钟灵毓秀的土地，注定会孕育出杰出的人物。

果然，在如火如荼的改革开放热潮中，这里就走出了两位响当当的人物。他们是站在改革开放的风口浪尖，发扬龙马精神的楷模。一位是从事建筑业的龙元集团创始人赖振元；另一位则是从事汽车零部件制造业的周辞美，也就是本书的主人公。

正是西周这片热土哺育了周辞美和赖振元，让他们走向了事业的巅峰。反过来说，也正是这两位巨头，使西周锦上添花，闻名遐迩。

波声浩荡，潮起潮落，多少个世纪以来，象山港的潮声从来就没有停歇过。1942年9月8日，农历七月廿八，一个新生命在象山港畔名叫西周西八村的一户普通农家诞生了，是个男孩，他上面还有三个姐姐。

其父高兴得不得了，视他为掌上明珠，给他取名周慈梅。十几年以后，周慈梅自己将名字改成了周辞美。

只是在当时，恐怕没有人能猜想得到，这个胖嘟嘟的小男孩，将来会成为中国大地上一位知名的民营企业家。

七十多年以后，当他安静地坐在我对面的时候，已是一位慈祥的长者，精气神极佳。脸圆圆的，笑意盈盈，显得富贵和沉稳。

抹去岁月的尘沙，他的风采依旧不减当年，言谈举止间，气场十足，充满了自信与定力。

"很多东西都是命运，你不信也没办法。"在说到过去的时候，周辞美这样对我说。

在我的理解范畴内，所谓"命运"，无非是由"命"与"运"这两部分构成。一部分是"命"，一部分是"运"。"命"是无法选择的，像生与死，兄弟与父母等，都无法由自己决定。而"运"则是可以把握，可以改变，甚至可以创造的。一个人的生命过程中确实存在着太多无法解析的元素。

周辞美属马。马，总是给人一种骨骼清奇、动态的美感。周辞美喜欢马，尤其喜欢前蹄高高扬起、腾空前一瞬间做嘶鸣状的马。那喻示着跨越，喻示着奋进，喻示着开赴疆场。

在华翔山庄，就塑有多匹这样的马。其中有两匹在高处。一匹在天蛙湖旁边的山崖上，另一匹在新建的办公大楼顶层钟楼上。奋鬃扬蹄，头颅高昂，坚定地注视着前方广阔无垠的大地。目力所及，从马山到象山港边开阔的平地，鳞次栉比地矗立着各种厂房，盘扎着许多企业，这就是华翔集团位于西周的工业园区。

周辞美把华翔集团的总部设在马山，并建了一座山庄，名叫华翔山庄，把办公楼取名为"马腾楼"。

由此可见他对马的喜爱。

纵观1972年到今天的周辞美，他就是这样的一匹马，一次次奋进，一次次跨越，一次次厮杀，又一次次远征，一次次挑战新的高度……

与出身在当时所有普通家庭的人一样，周辞美的童年也是与贫穷和苦难结伴而行的。尽管贫穷，但他的童年生涯在那个时代又算是幸运的。由于是独子，他一直在求学，直到中学毕业。这得归功于他开明的父亲以及自己的上进，他那大字不识一筐的父亲曾经说："男孩子，读点书总是好的。"

后来的事实证明了周辞美父亲朴素的远见。

在改革开放四十周年之际，有人曾对浙江地区第一批民营经济创业者的文化程度做出过一个推断，认为改革伊始，作为变革演进的主体力量之一，浙江民营经济的创业者、实践者大多数是农民，大多数只有初中以下文化，有的甚至是文盲，能写自己的名字就已经很不错了。据说湖州市有一个农民企业家潘阿祥，从废品加工厂起步，后来干到了中国民营企业500强。当年他大字不识一个，有一本神奇的电话号码本，像密电码似的，只有他自己能懂。号码本上，别人写的是名字，他画的是符号。比如说，时任湖州市委书记姓杨，潘阿祥就在电话号码旁画上一只大羊，刚好他所居住的织里镇镇委书记也姓杨，怎么解决呢？他就画上一只小羊。公安局长画上一把小手枪，医院院长画上一辆救护车……

别人问他怎么会这样，他说："当年兄弟姐妹六个人，连饭都吃不饱，上学更是奢想。"

由此可见，在当时，周辞美的学历算是比较高的。他初中毕业，而且是象山一中，即今天的象山中学。象山中学历来被视为象山县的最高学府，直到今天还是。

周辞美初中一年级时就读的是石浦中学，与后来在创业板上市的戴维医疗老总——陈永勤是同班同学。第二年，周辞美转学到了位于丹城镇的象山中学。转学的原因是石浦中学路途实在太远，有60公里，对于一个十四五岁的孩子来说，这样的路途，几乎是一个难以克服的困难。

转学到象山一中以后，周辞美就读初二，分在甲班。班主任老师叫忙亦吾，教地理，当时还是一位姑娘，两根乌黑的辫子晃来晃去的。

2012年仲夏，一个炎热的上午，我把忙老师，还有周辞美同年级的同学李荣明和蒋文森请到了我那个逼仄的办公室，我希望能从他们遥远的记忆里挖出一些对我有用的资料。

忙老师已是一位80多岁的老人了，思维还很清晰，但是许多观点依然停留在上个世纪。当听说我想与她聊周辞美的时候，她愉快地答应了，还准备了一张纸，上面密密麻麻地列着长长的提纲。

无疑，周辞美是她众多学生中最为得意的一个。所以，她的记忆特别深刻，也对自己当年的那班学生显得特别有感情，一种姐姐对弟弟妹妹的感情。

"周辞美是初二时从石浦转入我们甲班的，记忆中的他聪明灵光，并不怎样顽皮。喜欢看小说，喜欢中国古典文学，尤其喜欢唐诗、宋词。那时不像现在，绝大多数同学的家庭都很贫穷。周六下午学校放假，每一次，周辞美都要回家。这一点，我印象特别深。从丹城到西周有30多公里，要翻越三条岭，一条叫彭姆岭，一条叫西沙岭，都很高，另一条我记不清它的名字了。当时，没有车，完全靠两条腿，星期天下午再走回学校。如果换成现在的小孩，根本不可能做到。"

忙老师自豪地回忆着。

就像是一张泛黄的老照片，苦涩构成了它永恒不变的底色。即使过去了那么多年，忙老师记忆深处最难抹去的还是当年的艰辛与苦难。

这样的景象一直持续到周辞美初中毕业。

毕业以后，这一届同学就各奔东西了，开始奔向各自的人生。当时，同学们为了生活，即使是在同一个县里，也是聚少离多，相见的机会甚少。但人生有的时候就是奇怪，走了大大的一圈，即将收尾了，却发现自己又回到了原点，又开始看重同学感情了。

2010年春季里的一天，在同学李荣明的倡议和协调下，原象山一中初中部甲、乙、丙三个班的同学举办了第一次同学会，地点就在华翔山庄的华翔国际酒店。到场了一百多位，连平日里绝少联系的同学也参加了，都是白发苍苍，经历过人生风风雨雨的人了。

短暂的相聚又把时光拉回到过去。

初中毕业以后，周辞美没有再参加升学考试，论资质和成绩，他是完全可以进入高一级学校的，但一生本分的父亲考虑了很久，一方面他是真的舍不得儿子离开自己，另一方面还是因为贫穷。

"你就留在家里吧。"他对儿子说。

说完之后，他就背过身去了。

望着父亲过早被生活的艰辛压得微驼的背影，周辞美没有再说什么。

伴随着父亲的一声叹息，周辞美的学生生涯从此画上了句号。

那是1958年。

也是在那一年，中国翻开了一场荒唐闹剧的第一页，史称"大跃进时代"。

广袤大地仿佛一夜之间热闹了起来，红旗招展，锣鼓喧天。人们兴奋地跑来跑去，从城市到农村，大街上挂满了标语和横幅。"人有多大胆，地有多大产""一天等于二十年""跑步进入共产主义""七年赶英，十五年超美"，连《人民日报》也赫然刊登着"广西柳州环江县水稻亩产13万斤"的报道。

全国各地纷纷放出了粮棉"高产卫星"，亩产万斤已是小儿科，都不好意思拿出来晒。在"放开肚子吃饱饭，鼓足干劲搞生产"口号的鼓动下，人民公社食堂应运而生。

一方面，吃饭不用钱。

另一方面，大炼钢铁。

一座座土高炉拔地而起，一座座茂密的山林由于过度砍伐变成了秃子。山坡上，坑坑洼洼，凡是带点黑色的石头皆被当成了铁矿石，投入高炉。浓烟滚滚，遮天蔽日。当土高炉里终于流出一股黏糊糊的黑色液体时，一双双被浓烟熏得血红的眼睛放射出了闪亮的光芒，大家立刻拿出事先准备好的红绸带和锣鼓，把这坨黑不溜秋的东西绑个结实。然后，几个人抬着它，敲锣打鼓地去报喜。

为了能炼出钢来，有些人干脆从家里拿来了锅、盆、菜刀之类的铁器，丢进高炉。反正家里也不用开伙，那些铁器闲置着也只有生锈的份。

风华正茂的周辞美自然也全身心地投入了这场运动。

1960年，他只有18岁。如果对照现在的18岁小青年，那正是坐在亮堂堂的教室里读书的年龄。

但周辞美是个农民，所以，就只能依附在这片土地上，用尽全力刨食。

他拉过手拉车，当过铁业社的会计，种田也是一把好手，后来还担任过西八村的村干部。

"大炼钢铁与搞试验田我都参加过，我是由铁业社派出去拉风箱的。有一次，整整拉了三天，两臂都拉得肿了起来，但那时候年轻，有的是力气，并不觉得怎么累。搞试验田那会儿我参加了万人宣誓大会，会址选在夏叶庙。当时，西周的其他地方还容纳不下这么多人，黑压压的，到处都是人。代表们轮流上台表态发言，我好像是排在第十四五个的位置，宣誓内容无非是试验田亩产要达到多少斤。一个比一个多，就看谁的胆子大了，反正说了也是白说。现在想想，都是在闭着眼睛喊空话，梦游一样，毫无科学依据，纯粹是一场违背自然规律的闹剧。"那是一个闷热的下午，我与他坐在他的办公室里，聊起那段岁月时，他曾这样对我说。说完之后，他苦笑了一下。

他背后的墙上悬挂着一幅"铁血丹心"的书法，字体纤瘦，但却笔力遒劲。

我盯着那幅手书，随后又转头看了看他的脸，没有吭声。对于那个年代，我觉得我没有什么好说的。

"那时候，我白天劳动，晚上还要就着昏黄的煤油灯编故事、写稿子。我记得我曾经写过一篇烂泥塘的文章，讲的是一群社员与天斗、与地斗，终于将一处烂泥塘改造成为高产田的故事。"周辞美继续说。

"故事倒与那个时代的主旋律吻合。"

他笑着点点头。

"后来发表了吗？"

"发表了，好像还有稿费。为此，我还与何旭一起，上省城杭州参加了一次创作会，这在当时可是一个殊荣。"周辞美愉快地说。

"确实不简单。"我由衷地说道。

正当周辞美踌躇满志地想在文学这条道路上充分展示自己的才干时，贫穷却像一块巨大的铁板，压得他透不过气来。

任何违背自然规律和经济规律的行为，都必将受到惩罚。惩罚很快来了，而且是最严厉的惩罚。当人们还继续沉浸在信口开河的辉煌中时，惩罚已经降临到了头上。菜里开始见不到油了，公共食堂里一日三餐的干饭也改成了两干一稀，接着两稀一干，到后来，干脆连三餐薄粥都没法着落，只好用番薯叶、乌糯蕨根、金刚刺根、葛藤等野菜充数。最后，更是每况愈下，连这些野菜都成了珍品，只能剥树皮、挖草根充饥。

许多人得了浮肿病，广袤大地上一片荒芜。当时，人们听到的最真切的声音就是肚子里持续不断的"咕咕噜噜"声。

周辞美的青春和文学梦就在这样的闹剧中悄然逝去。

1987年，儿子周敏锋参加复习，借住在忙老师校园边的家中。高考那一天，周辞美来了，他是来陪儿子参加高考的。此时，在整个象山，周辞美已经很有名气，他的企业也正像早晨八九点钟的太阳，处于春江潮生的上升期。他一直将儿子送到教室门口，然后，自己在曾经熟悉的校园里走了一圈又一圈。

是怀念，是感慨，抑或是期望？

可以设想，当时的周辞美，手头肯定有很多亟待处理的事务，但那一天，他却愿意放下一切，陪伴儿子参加高考。一方面，是出于父爱，另一方面，是不是可以这样解读，在周辞美内心最隐秘的深处，永远都存放着敬佩和追求知识的情结。

20世纪80年代末周辞美是时人津津乐道的"三周一张"之一。

"三周一张"，是四个土生土长的西周人。在当时，是西周公认的排名前四位的办厂高手、能人。

一张：是指宁波食品设备制造总厂（国家二级企业）的张照银，当时是整个宁波市有名的"红厂长"，后担任象山县二轻工业局副局长，现已退休。

三周：指的是周辞美、周时敏和周先也。

周时敏：宁波电子仪器厂厂长，后来涉足房地产，再后来，折戟柬埔寨，现居云南西双版纳。

周先也：宁波高频瓷厂厂长，后来高频瓷厂破产清算，最终由周辞美接手。周先也转而创办盛河灯饰成功，现由其儿子经营，自己则退居在蒙顶山。

时任象山县县长邱永年根据他们的经商特点和行事风格，结合当时社会上盛行的武侠风，曾私下里用拳路做比喻，将"三周"进行了总结与归类：

周辞美：少林拳——底盘沉稳，拳风刚烈。

周先也：太极拳——不疾不徐，柔中带刚。

周时敏：迷踪拳——忽东忽西，难以捉摸。

虽属玩笑，但也形象。

再聚首，已是三十年后，皓首苍颜。2018年11月22日，我的微信里忽然收到了周辞美发过来的一组图片。四个年龄加起来将近300岁的老人，春风满面地坐在泰国清迈一家富丽堂皇的茶室里，各自的手心里捧着一个黑色的球，笑得就像花一样，像四个调皮的孩童。

在微信里，周辞美幽默地写了一句："三周一张，2018年年会，于11月22日，在泰国清迈召开。"

他们在谈什么？是谈他们当年的峥嵘岁月，还是谈转瞬即逝的流水年华？我不知道。只是，从他们的神情上感觉得出，他们都很开心。

这就够了。

第二章
承包邮电器材厂

那一刻，我调动起所有的想象力，
想到了一个能想到的最大数字。

——周辞美

如果从1978年党的十一届三中全会开始算起，到今天，中国的改革开放已走过了整整四十三个年头。

在中国大地上，那声遥远而又响亮的春雷，决不啻于一声伟大的革命号角，而它的发起者，就是中国改革开放的总设计师——邓小平。

从此，中国进入了改革开放的崭新时代!

有人曾对这场改革的意义做过一个总结："被这场伟大的改革所解放的，不仅仅是这片土地上人们的手脚，更重要的是解放了他们的视野、他们的精神以及他们自由的灵魂。"

视野，拓展着人生的宽度;精神，支撑着人生的脊梁;而自由的灵魂，就更不用说了，它简直就是人生追求的终极目标。

时间，就像是一篇忧郁的小说，阅读它的时候，你感到真实;当你把它晾在一边的时候，却又感到虚幻。

担任过新华社浙江分社副总编辑的胡宏伟在《浙江改革开放史·东方启动点》一书中在追溯改革开放的起因时，这样写道："改革伊始，作为变革演进的主体力量之一，浙江民营经济创业者、实践者大多数是农民，大多数只有初中以下文化，他们既不可能获得直达京城的灵通消息，也没有对玄奥高深的政策精神的高超领会能力。他们最原始的驱动力仅仅是为了让家人不再挨饿，让自己的后代远离贫困。怀揣着这一炽热的冲动，他们义无反顾地行动起来，并在市场经济体制的艰苦实践中实现一次次的自我教育，自我解放。"

2007年1月，周辞美获评第三届中国企业改革"十大风云人物"，为此，他写了一篇获奖感言，题目就叫《华翔：与中国改革同行》。后来，他又把这篇文章放进了另一本书里，作为序言。

他这样写道："我从一个不名一文，怀着梦想的农民，到梦想成真，跻身中国企业改革十大风云人物，我发现了这样一个道理：中国需要改革，中国企业需要改革，中国的民营企业更需要改革。"

他最后说道："改革是当代中国永恒的话题。"

掷地有声！

胡宏伟与周辞美素昧平生，他俩起点不同，所从事的行业也不同，但思考的结果，却大略相同。

一句话，中国改革开放就是要解决贫穷问题。

穷！如影随形的贫穷，像磐石一样牢不可破的贫穷，让周辞美时时感觉到刻骨的痛楚。

当年他岳父曾经说过"辞美人比较活络，但穷是穷得可以"的话，常在周辞美的耳边回响。

素有"八山一水一分田"之称的西周子民，为了填饱肚子，除了向那点少得可怜的土地刨食之外，必然会把饥渴的目光投向别处。

以村集体的名义办厂，抱团取暖，肯定是其中一条道路。

早在20世纪70年代，周辞美就去了上海，他也是那个年代接触上海最早的"乡下人"之一。

在上海，周辞美认识了上海制塑厂技师老赵师傅。

也是有缘，老赵师傅看到周辞美第一眼的时候，就喜欢上了眼前这个年轻人。于是，老赵师傅就问周辞美有没有兴趣学习制塑技术，在得到肯定的回答后，老赵师傅就不时将周辞美带进厂里，从制塑的原料成分、结构原理、技术设备、模具图纸，直到供销经营，一一加以讲解，把自己生平所学毫无保留地和盘托出。

白天，周辞美跟着老赵师傅，晚上，就着弄堂小旅馆昏黄的灯光继续钻研图纸。一来，他脑瓜子灵活；二来，他勤奋。两者叠加，这事业岂有不成之理！

当那点积蓄花得差不多的时候，回家乡办厂的愿望再一次从周辞美的心底强烈地抬起头来。

而机遇也开始垂青于他。

在小旅馆里，一个傍晚，周辞美碰到了一个江苏泰兴客户，对方正在为找不到一家开模具的单位而发愁。幽暗的灯光下，他打开一叠纸，将它铺开在周辞美的面前，然后指着其中的一个图案对周辞美说："这是收音机上的一个塑料部件的图纸，谁能按图开发这副模具，几十万只塑料部件的生产业务就归谁，其中的利润十分可观。"

循着对方手指的落点，周辞美凑上前去。他看得非常认真，一边看，一边在脑海里调动起自己刚刚学过的所有制模技术，越看越觉得自己完全有能力对付这副模具。

"我有把握。"周辞美立起身，目光闪闪地对泰兴客户说。

"你能行？"泰兴客户将信将疑地问道。

"当然能行。"

然后，他再一次俯下身，指着图纸，向对方详细讲解了一遍。

泰兴客户一边听，一边不住地频频点头。

第二天，夕阳西下时分，周辞美揣着那份宝贝，一路风尘，回到了西周。从他闪亮的目光中，老书记就明白对方一定带来了惊喜。

他连夜向老书记和大队干部汇报了自己在上海的收获，大家都静静地听着，生怕漏掉其中的一个字。在他汇报时，老书记一边抽烟，一边不停地捋着已经花白的头发，一迭声地说："这下好了，这下我们有救了。"

说干就干，在大队干部的授权下，周辞美请来几位从事小铜匠业的手艺人，按着图纸立即行动了起来。

浇注、压模、试验，经过许多次的失败，周辞美创业生涯里第一只模具就这样诞生了。

经检测，他开的模具完全符合图纸的各项要求。

听到这个消息，周辞美当时的兴奋之情难以言表。

当然，与后来周辞美开发过的无数套模具相比，这是最简单，也是技术含量最少的一套模具。

有了业务，村里望穿秋水的办厂愿望终于尘埃落定，"西八村制塑厂"的牌子也就顺利挂了出来。

严格地说，当时的厂根本不算厂，与现在的企业相比，恐怕连一个角落都算不上。厂房不说，设备只有一台黑乎乎的台虎钳，静静地卧在破旧桌子的一角。除此之外，就是从慈溪买回来的三台折旧的手摇制塑机。其中的一台至今仍安放在华翔档案馆里，默默地享受着创业的荣耀。机身不高，用手转动摇柄，还能发出"轧轧"的声音。

然而，就是靠着那三台折旧的手摇制塑机，靠着几个村妇日夜不停地转动摇柄，周辞美从此开启了创业生涯。

尽管每只只有几分钱的价格，但那一年，大队制塑厂硬是摇出了6万的赢利。职工工资最高每月达200元。200元，这在70年代初的偏远乡村，是一个令人目瞪口呆的数字，与当时生产队的工分酬劳相比，要足足高出十几倍。

为此，周辞美所在的西八村，令所有西周人都刮目相看，而他自己，也被当地人认为是有本事的能人。

但不管周辞美的视野如何开阔长远，那时的他，也肯定看不到今天的成就，那太遥远了。他连发财的梦都很少做，在他当年的愿望里，他只希望自己能多跑业务，把村办企业搞得红红火火，然后让老婆与孩子过上安稳的生活。

就是如此朴实和简单。

可是，在那个年代，如此朴实简单的愿望也很难实现，也要经历一波三折。

由于种种原因，在接下去的一段时间里，周辞美离开了他所创办的村办厂。等到他重新回到这片土地上时，已进入80年代，改革开放的春风已经吹遍了大江南北。

许多头脑活络的人都纷纷行动了起来。

周辞美的门庭又一次热闹起来，走得最勤的是他的小阿姐——周照娣，三个姐姐中，数小阿姐与他关系最亲。

当然还有其他人，他们中很多人都是代表各自的企业来邀请周辞美加盟的，其中就有邮电器材厂的厂长——孔根玉。

邮电器材厂是西周邮电支局下属的一家家属厂，厂址就在邮电局内，两年前，为了安排职工家属，成立了这么一个厂。说是厂，其实就是一个小作坊。一间大屋被分隔成两半，砖墙一隔，前半部分从事寄信、拍电报、打电话的邮电业务，后半部分的25平方米就是生产车间。设备只有两台五成新的手扳压机，职工9人，现任华翔东方电力机具有限公司总经理的卢军就是其中之一。

由于缺少一个顶得起的业务员，从成立之日起，邮电器材厂的前景就不乐观，业务一直处于饥渴状态，已经亏损，厂长也换了两任。前任厂长朱福财，只担任了一年，此时换了第二任厂长孔根玉。这老孔深知自己不是一块办企业的料，但他是一个明白人，知道他山之石，可以攻玉，便做梦都想引进这样的人才来。在此之前，他与周辞美也颇有交往，内心里早就认定对方就是一把好刀，只要出鞘，就没有办不兴旺的厂，西八村的村办企业就是一个活生生的实例。只是老孔也清楚，这邮电器材厂实在是太寒酸、太破烂了，什么都没有，还负债累累，根本就不是一棵梧桐树，引不来像周辞美这样的凤凰。几次想出口相邀，但话到嘴边，还是硬生生地咽了回去。

"现在的情况可能会有所不同。"尽管多了些希望，但孔根玉依然不无担心。果然，老孔的担心还是应验了。有一次他去看望周辞美，顺便提出自己的想法，刚开口，就被周辞美委婉地拒绝了。

老孔也不感到尴尬，因为当时被周辞美拒绝的不仅仅是他一个人，那些企业比他出色得多的人也被拒绝了，包括周辞美小阿姐周照娣提议的合伙办厂，也同样被他搪塞了过去。

老孔也不急，依然笑眯眯的，背着手，隔几天，就往周辞美家跑。

这一段日子，周辞美天天把自己关在家里，不出门，也不说将来的打算。很多人搞不懂他这葫芦里卖的到底是什么药，连他的小阿姐也猜不透自己这个弟弟内心里的真实想法。

直到有一天，答案才明晓。

其实，这近一个月来，周辞美一直在等待一个人，那个人就是西八大队的大队支部书记。周辞美希望他能出现，并邀请自己回到当年创办的村办企业制塑厂。

毕竟自己是那个制塑厂的重要人物，为它立下过汗马功劳，如今想要回去，这个愿望并不算过分。

但如今，他回家将近一个月，许多人都来看望过他，却唯独心中盼望的那个人始终没有出现。

终于在一个黄昏，周辞美坐不住了，喊上妻子赖彩绒，一起去拜访了大队书记。

大队书记有些惶恐地抽着烟。他问了问周辞美的近况，就是只字不提邀他进厂的事。

周辞美见书记是在有意回避，他本是个直性子，便忍不住了，单刀直入地问道："大队制塑厂怎么样了？我是不是仍旧来跑外勤？"

"嗯，嗯。"书记"嗯"了半天。

"你就直说吧，能进还是不能进？"周辞美催促道。

书记又低头抽了会闷烟，才猛然抬起头，似在避开对方的目光，吞吞吐吐地说："辞美啊，实话告诉你，就我个人来说，我是希望你回到制塑厂的，毕竟这个厂是你创办的，但现在的情况你也清楚，厂里的位子都满了。"

说完这话，书记如释重负。他吐了口烟，又飞快地瞟了周辞美一眼，然后，像下定了决心。

"辞美，你还是到别处去赚钱吧！"

尽管有预感，但现实还是像给他当头淋下了一桶冰水，满腔热血刹那间被浇成了冰块。

周辞美的性格向来刚强，从不折腰，套用现在的话来说，骨子里就是个硬汉，是个"纯爷们"。他没有再多一句说明。他知道，任何解释都有伤他的尊严。

"我们回去。"他霍地站起来，对坐在椅子上还想说点什么的赖彩绒说道。

然后，他一把拉起赖彩绒的手，推门离去。

周辞美大踏步走在路上，风像刀片一样割着他的脸庞，但更悲凉生疼的是他的内心。很快，潜伏在他内心深处的倨傲重新抬起头来。他暗暗发誓，要让别人看得起，就必须得自己先强大。

周辞美挺起胸膛，连夜敲开孔根玉的家门。又在第二天一早，坐上早班车，离开了西周。

周辞美的第一站是南京，他找到了原来给村办厂提供业务的陈馨兰。

一见到陈馨兰，周辞美就开门见山地说："陈科长，我是来请你帮忙的。"

"说吧，老周，有什么事？"陈馨兰爽快地问道。

"老要求，我现在换了一家厂，在邮电器材厂跑外勤，这是我上班后的第一次出门。所以，还是那句话，我需要业务。"

"这就不巧了，老周。"陈馨兰用手指梳了下自己的头发，随后摊了摊双手，"几个月以前，倒是有一批模具开发业务，我给了你们的村办厂，再过几天，他们就该交货了。现在临近年末了，我的手里没有计划呀。"

"你说的那批业务是不是两个月以前给他们的，把今天算在内，离交货时间刚好还有一个月？"

"是啊，你怎么知道的？"陈馨兰抬起头，疑惑地瞅了一眼周辞美。

周辞美微微笑了一下，故作神秘地说："我就是知道。"接着，他抬起手指轻轻地叩了叩桌面，继续说："而且我还知道，那批业务，村办厂根本没开工。"

"不可能。"

"不信的话，你可以打个电话，别告诉他们我在你这儿。"

陈馨兰再一次疑惑地瞟了眼周辞美，随后，拨通了西八村村办企业的电话。

通话过程中，周辞美看到陈馨兰的脸色越来越沉重，放下电话时，她的手还在微微发抖。

"这可怎么办？还有一个月的时间就要交货了，他们却连动都没动过，怎么来得及？那群混蛋。"在沉默了很长时间后，陈馨兰抬起头，把目光投向了周辞美。

"你相信我吗？"一直没有开口的周辞美郑重地问道。

"我当然相信。"

"你放心，我能摆平此事。"周辞美笑着说。

"其他我不担心，只是时间，只有一个月呀，老周？"陈馨兰焦虑地询问道。

"你就放一百个心吧，我保证按时交货，绝对耽误不了你。"周辞美斩钉截铁地说。

其实，那批业务，周辞美出门之前就把它了解得一清二楚了。村办厂的厂长与会计关系比较铁，他想把它交给会计开发，但会计对开发模具却是一窍不通。厂里具备开发能力的两个技术人员一听说业务交给了会计，都不愿意出力。于是，就这样一直耗着，而时间也就一天天地过去了。

陈馨兰不愧是个老供销，当她了解了事实真相后，就以原来的图纸需要稍作修改为由，把图纸要了回来。

周辞美拿到图纸后，立即连夜赶往西周。第二天，他就把村办厂里的两个技术人员叫到家里，好酒好饭招待，又许以一定的报酬。这两人本来就与周辞美交好，再说在厂里又不受重视，一听说老周要他们帮忙，便拍着胸脯爽快地答应了下来。

差不多就是不眠不休，直到大年三十的早晨才大功告成，掐指一算，刚好是一个月的时间。又把模具搬到石浦检测，全部合格。大家这才长长地松了口气。其中有个叫周树青的，这一个月来，他头发没剪，胡子没剃，长长的头发披挂下来，盖住了耳朵，看上去就像一个野人。

大年三十下午，周辞美给陈馨兰发了个电报，好让心急如焚的她安下心来，电报只有简短的八个字："如期完成，初三送达。"

在完成了初一、初二家里的传统应酬后，正月初三的大清早，周辞美就提着一大堆模具，赶往南京。

"谢谢你，老周，这一次是你救了我。"接到模具后，陈馨兰紧紧地握着周辞美的手。

图纸还是原来的图纸，人员也是村办厂的原班人马，只是这业务，就成了他的了。回象山的路上，周辞美"呵呵"笑了两声，似乎悟到了一点什么。

就像是一根木桩，周辞美狠狠地夯进邮电器材厂这块土壤中。

他发誓要干出些名堂来，他有这个能力，也有这个信心。

对自己曾经创办的那家村办企业，他已无暇顾及，直至三年后制塑厂经营不善，破败不堪，他念及乡情，出手相助。

"要使一家企业振兴起来并不容易，除了全身心的投入与付出，还取决于其他很多因素，但如果要使一家企业倒闭，则太容易了，任何一个因素都有可能招来企业的灭顶之灾。也许，这就是所谓的'创业难，守成更难'。

"在希腊神话里有个神叫西西弗斯，因得罪了众神之王——宙斯，受到惩罚，每天需推着一个巨大的石球上山，从山脚到山顶，但每一次都会滚下来。换句话说，我们企业家就是那个西西弗斯，办企业就是在推球上坡，滚下来是正常现象。但想推往高处，就不是件容易的事了，必须付出很多。

"古往今来，成事者，同出一理。"

多年以后，周辞美第一次站在全县工业大会的领奖台上，对台下听众这样总结道。

这也是他对创办企业的第一个理论——"球体斜坡论"。

周辞美的这个"球体斜坡论"也许就是当年他再次踏进村办企业时萌生的，当时的惨淡景象令他记忆深刻。

话说回来，周辞美自从进了邮电器材厂，只用了一个月的时间，就把这家小得不能再小的企业从濒临倒闭的状态中救了过来。为此，他付出的心血，也只有他自己知道。

在邮电器材厂，周辞美干的还是自己的老本行——外勤。后来，有人对那个年代的外勤——现在称销售人员——作过系统的概括，说他们是长年累月，四处奔波，走南闯北，风雨无阻。他们的生活是没有规律的，他们住得了宾馆，睡得了地板，上得了酒楼，下得了饭摊。为了能从计划经济的大锅里盛得一碗饭，舀得一瓢羹，争取一份计划，采得一批材料，他们赔笑脸，说软话，求爷爷，告奶奶，想方设法，无所不能。他们在计划经济的夹缝里生根发芽，正如森林里的藤条，先是攀上参天大树，由下而上，越长越大，越长越粗，最后出人头地，超过大树。

再后来，浙江人在探讨改革开放初期民营企业家的共同特征时，总结出一种精神，即"四千精神"——走遍千山万水，讲尽千言万语，想尽千方百计，历尽千辛万苦。

正是因为周辞美有这种精神，当时的邮电器材厂才能像吸足了养分的藤蔓，向阳而开，茁壮成长。

随着时日的推移，邮电器材厂的业务越做越广，名声也越来越响。产品也从收音机的变压器骨架，到电视机的八档预选开关、彩电急插件，再到录音机壳、复印机的送纸盒，以及20世纪90年代初为北京亚运会提供的中英文打字机，直至与上海大众合作，生产桑塔纳空调器，从此走上了汽车零配件制造的道路。邮电器材厂可谓路路畅通，蒸蒸日上。

1982年，中国的改革开放就像是一股强劲的春风，吹遍了祖国的大江南北。当很多人还没有从计划经济的思维中解放出来，尚未做好迎接新时代的准备时，周辞美就认清了形势，在改革开放的大道上迈开了双腿。

由于体制的弊端，在扩大工厂规模、增加职工人数等诸多要求上存在着许多制约的情况下，周辞美征得县邮电局和省邮电局领导同意后，承包了邮电器材厂。

承包企业，这在当时的中国来说，还是一件新鲜事，周辞美无疑成了第一批吃螃蟹者。至今，那份承包协议还安静地悬挂在华翔山庄天蛙湖旁边的一排橱窗里。由于年份太久，协议书上的墨迹已经漫漶开来，它与各级领导考察华翔、华翔历年取得的成就挂在一起，突兀而醒目。

在今天看来，这份协议当然显得寒碜与简陋，缺乏规范。但它毕竟是周辞美创业生涯中最早的一份企业承包协议，孕育了后来的华翔集团，因此意义非凡。

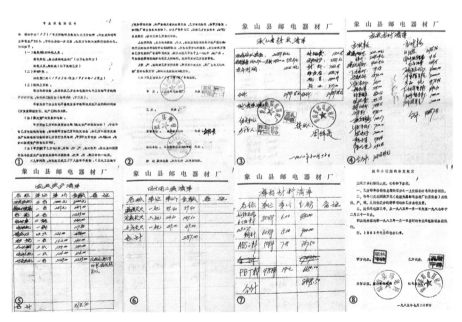

当年周辞美承包象山邮电器材厂的全部原始资料

周辞美承包了邮电器材厂后，干得更欢了，既是厂长，又是供销，他几乎把整个身心投了进去，没日没夜，恨不得把一分钟掰成两分钟来用。家，肯定是顾不上了，他把它当成了旅馆，彻底交给了赖彩绒。前一两个月，他借钱发工资，到第三个月，就出现了赢利。

但如果说承包了就意味着从此一帆风顺，那就想得太简单了。作为改革初期冒出来的新鲜事物，政策上又没有一个明确的支持，旧思维、老观念还在作祟，官僚主义大行其道。说你行，你就行；说你不行，就不行。木秀于林，风必摧之，枪打出头鸟的事例不胜枚举。

邮电器材厂的发展并不顺利，曾遭遇账户被封、牌子被摘、工人被遣散等事件。

过了一段日子以后，风向变了，说是又可以办工厂了。于是，结了蛛网的大门被重新开启，机器重新"轧轧"地转了起来。

周辞美与象山邮电器材厂领导班子成员在会议研讨中

这并不只是周辞美一个人的遭遇，而是改革开放第一代民营企业家的集体记忆。

在市场与政策的夹缝中求生存！

除了辛勤、恒心与毅力，当时的企业家还需要有坚强的神经和一定的技巧，就像是一位勇立潮头的弄潮儿，在波峰浪谷间迂回前进。

中国改革开放的另一位标兵人物，正泰集团的董事长南存辉曾经说过这样一段话，形象地比喻了政治与企业家之间的关系。他说："作为一个企业家，政治就是天。天气好出太阳了，被子霉了可以晒晒。如果刮风下雨，你却把被子拿出去，肯定会闯大祸嘛。"

除此之外，企业家还需要胆魄。

周辞美就是一个"胆大包天"的人。

有一次，他人在上海，接到了来自天津的一份电报，上面只有四个字："速来天津"。

收到电报后，周辞美没有一丝犹豫，立即赶赴天津。他带了一个助手，去的是天津渤海无线电厂，那是一个在此之前与他毫无瓜葛的地方。

正是秋冬交季，北方大地上已经感到了阵阵寒意。周辞美穿了一件黑色呢大衣，显得沉着而稳重，他清楚，洽谈业务拼的不仅是业务员的专业，还有仪表与气场。这不仅仅是自我的要求，更是对别人的尊重。

当周辞美气度不凡地踏进渤海无线电厂办公室时，还是被眼前的景象惊着了。满满一屋子人，至少有十来个——天津市经委主任、银行行长、渤海无线电厂厂长、供应科科长，还有数位工程师及技术人员。

屋子另一端的一张桌子上整整齐齐地摆放着一长溜塑料壳子，按大小顺序排列，几乎占据了整张桌面。远远地，周辞美偷偷瞄了一眼，便在心底里认定那是录音机外壳。此趟行程的目的也就不言自明了。

还真是录音机模型。20世纪80年代初，录音机虽然尚未普及，但已经有了，只不过都是从国外进口的，尤其是日本，牌子也大多是索尼、夏普、日立、三洋等，国产的根本见不到。为了响应国产化的号召，天津无线电厂就有心在录音机上首先突破，却没想到，在外壳的模具上被卡住了，这同时也难住了中国老牌大学——哈尔滨工业大学毕业的董厂长。后来，当他打听到浙江有一家企业模具开发得不错时，随即着人将周辞美请了过来。

寒暄过后，董厂长率先开口，他单刀直入："请问周厂长是哪里人？"

"我是浙江象山人。"

董厂长似乎皱了一下眉头："象山？我是杭州人，怎么不知道象山在浙江的哪里？"

"象山，隶属于宁波市，是靠近东海边的一个县。"

"哦。"董厂长点点头。

沉默了一会儿，董厂长继续问："听闻周厂长模具开得不错，我想知道你们企业是什么开头的？"

"我们是D字开头。"

"D字开头？"董厂长环顾了一下四周，似在征询其他人，随后他摇摇头，"我没听说过。"

"是这样的，"周辞美沉着地回应道，"你们是国营企业，G字开头，而我们从属于邮政部，是'地方国营'，所以是D字开头。"

"原来如此。"董厂长扶了一下镜框，笑了起来。他停顿了一下，继续对周辞美说："今天请周厂长来，是有一套模具想让周厂长看看，看看你是否能开发?"

他一边说一边站起身来,走向那张桌子。

众人也都纷纷起身。

"这是一套最新设计的录音机,是我们厂明年需要整机生产突破的一个重大项目,已经报市经委正式立项,也是为了响应国家自主创新的号召。"

董厂长指着一桌子的机型,郑重地说。

然后,他抬起头,把目光扫向周辞美:"周厂长,你仔细看看,这些模具开发是不是能够胜任?"

在董厂长这么说的时候,周辞美正拿起桌子上一本厚厚的图册在翻阅。这本被注明代号303的图册很厚,拿在手里沉甸甸的,每一页都标注着工艺、尺寸、技术参数,一清二楚,非常精密。

若在平时,想要看完这本图册起码需要三五天,甚至十来天;若想彻底弄懂它,时间恐怕得更长。尽管周辞美对模具不陌生,他也不可能一眼就掌握情况,做出回答。

他非常快速地研读它。

他左手托着图册,右手翻动。第一张,他停留的时间相对长些,然后是第二张、第三张,到后来是越翻越快。直到听见董厂长问话,周辞美才合拢图册,轻轻放下。

"行,没问题。"他底气十足地说。

董厂长盯着周辞美,其他所有人的目光也同时盯着他。每个人的目光都像是一把锥子,刺向周辞美。他们似乎希望能通过目光这把锥子刺穿对方的虚张声势。

但他们看到的却是像山一样始终保持不变的泰然神情。

董厂长轻轻地松了口气，语气也变得轻松和缓起来："好，周厂长，我们没有看错，既然如此，那你报个价。"

周辞美的心"咚咚"地跳了起来，他几乎能听到自己的心跳。报价？到底报多少呢？太多，对方不会答应；太少，自己吃亏。他低下头，目光在那一桌子模型上转来转去，其实是在为自己拖延几秒钟的思考时间。

那一刻，他调动起所有的想象力，想到了一个自己能想到的最大数字。

"10万！"他咬了咬牙，抬起头，响亮地说。

"啊？"

他的耳中传来一片"啊"声，随后他发现每个人都投来了惊讶的目光。

空气仿佛凝结了。周辞美猛烈地掀动了一下鼻翼，他甚至能闻到空气中飘荡着的危险气息。

"糟糕！"看到这样的目光，周辞美内心"咯噔"了一下，像一只断了绳的吊桶，在急速地下坠。

"难道是我报错了？"他暗暗嘀咕了一声。

"10万左右。"他急忙改口道。

"左右是什么意思？"

对方紧追不舍。

"左右就是10万多一点，或者少一点。"

"多是多多少？少又少多少？"

对方的口吻更加咄咄逼人。

"多就是增加10%，最多11万；少就是减少10%，至少9万。"周辞美不动声色，沉着应对。

阳光透过办公室的窗户，照耀在周辞美饱满、坚毅的脸上，勾勒出一个棱角分明的剪影。

"好，我清楚了。"董厂长抬眼瞅了瞅那个剪影，高兴地说。

周辞美一颗悬着的心终于放了下来。

"大概需要多少时间？"周辞美刚喘了一口气，另一个问题又接踵而至。

"一年吧！"他稀里糊涂地报了个时间。

"太长了，我们等不起，能不能再快些？"

"那就半年，我们保证完成。"

董厂长镜片后的目光再次闪烁了一下，他满意地点了点头。

事后，周辞美才知道，那套模具，在科技发达的香港，报价75万，一年时间。深圳报价60万，需要一年半时间。

而他却仅仅报了区区10万，而且只有半年时间。

那么，当时的周辞美是怎么想到报10万的呢？

"10万，已经是我当时所能想到的最大数字了。你知道，那时候，我们生产队一年的总收入只有1万。10万就是我们生产队劳动十年的总收入，还能比这个数字更大？"

是的，真是贫穷限制了想象力，在当时，也想象不出比这个更大的数字了。

在登上回家的列车前，周辞美仰起脸，深深吸了口北方凛冽的空气，又深情地眺望了一眼身后的城市。他预感到他与天津这个城市将产生很深的渊源。

三十多年以后，他的儿子周敏峰与周晓峰在天津这片土地上，真正延续与拓展了当年父亲的事业。在离"一汽大众"一小时车程的天津宁河现代产业园内，兄弟俩建立起了华翔集团天津工业园区，容纳了5家企业——华翔天津胜维德赫后视镜厂，与日本井上集团合作的天津井上华翔汽车零部件有限公司，天津华翔金属汽车零部件有限公司，天津华友汽车零部件有限公司及天津华翔汽车顶棚系统有限公司。全部采用国际上最先进的流水线作业，一流的厂房，一流的生产设备，一流的管理，自动化程度高，智能制造、机器人，与他们父亲当年的邮电器材厂有着天壤之别。后来有一天，一直担任华翔进出口公司总经理的郑才玉，去天津现代产业园区参观新厂的落成和投产，深受震撼，拍摄了许多照片。

回到当时，坐在火车上的周辞美是一会儿兴奋，一会儿担忧。兴奋的是，这是邮电器材厂迄今最大的一笔业务，如果成功，前景不可限量。担忧的是，他周辞美海口夸下了，合同也签了，预付款也收到了，怎么完成它，竟一点头绪都没有。要在短时间内完成这么一套技术难度大、精密度高的模具，谈何容易？

如何破解这个难题？

周辞美陷入了深深的忐忑不安中。

后来，他睡着了，做了个梦。在梦中，他在奔跑，跑着跑着，发现自己居然跑进了一条漆黑的隧道，隧道内没有一丝光亮，又找不到出口，正当他万分焦急之际，前方突然出现了一条宽阔的河流，望不到对岸。河面

2011年11月18日，宁波华翔电子股份有限公司旗下工厂开业

上，波涛汹涌，吼声如雷。

他一下子醒了过来，发现额头上全是汗。

回到西周，周辞美足不出户，把自己足足关了两天，一支接着一支地抽烟，思索着破解之法。终于，他想到了一个办法，便一骨碌从床上弹起来。

他叫赖彩绒炒了一桌菜，然后，将活跃在西周的一些脑筋活络的工匠请了过来。他请他们吃饭，请他们喝酒。酒足饭饱以后，周辞美抱出一堆图纸，一一摊开，然后故作神秘地对他们说："你们想不想赚钱？"

"老周，你这不是废话吗？这年头，谁不想赚钱，除非他傻了。"

"好，既然大家都不是傻子，我这儿就有一个机会，就看你们有没有赚钱的本事了。"他抬头扫了大家一眼，指着面前的图纸说，"这是录音机的外壳图纸，需要我们开发的。大家仔细看看，看看哪一套是你们有把握的，然后报个价。"

"老周，这个我们从来没干过，不知道行不行？"有人直起腰，抓了抓头皮，担忧地说。

"难度肯定有，容易的话能轮得到我们？"

那人低下头去，继续研究图纸。

时间一分一秒地过去，终于有人扬起脑袋，开始报价："老周，这一套我可以。"

"周厂长，这一套我来。"

"周师傅，我来这套吧。"

一会儿工夫，就认领一空，一合计，总共5万元钱。其中有一个叫赖彬贤的，认领了最大的一套。

周辞美弄了个本子一一登记上，记完之后，他合上本子，对他们说："价钱就按照你们各自报的，我一分不缺，明天每人在我这儿先领一半，但质量与进度必须严格把握。"他抬腕瞅了瞅表，继续说："今天就不算了，今天已经太晚了，我们从明天开始，最多给你们四个月的时间，到时我来验货。至于怎么干，你们自己动脑筋，想办法，我不管。"

"行。"众人齐声回答。

这也许是改革开放以来中国民营企业发展史上最早的分层承包模式，属于工业领域内的小岗村模式。中国的老百姓从来都是聪明的，只要把这种聪明才智调动起来，就没有什么事能难住他们。关键就在于如何调动，就像阿里巴巴的宝藏入口，需要有一个密码，谁掌握了它，谁就可以进入。

周辞美恰巧就是掌握这个密码的人，于是，他就成为一部分先富起来的人之一。

那几个月里，被周辞美调动起积极性的师傅们干劲十足，连吃饭也不安分，急吼吼地扒两口，就"叭"地放下饭碗，一抹嘴，立即往外跑。累了，直起身，捶两下腰，抽一根烟，再重新蹲下。什么都不想，什么都不做，脑瓜子里就只有图纸。由于缺少睡眠，他们眼睛布满了红丝，像狼一样。灌铸、浇模，失败了，再来，一次次试验，连大年三十都不休息。

最要命的是缺少设备。开模需要设备，但放眼当时的西周镇，除了手扳注塑机，几台陈旧的618车床，几台台虎钳以外，根本找不到像样的机械设备。为此，赖彬贤专门花了700元从义乌旧货市场上淘来一台钻床，那钻床工作的时候还不平稳，一会儿准，一会儿歪，似乎一切都视它的心

华翔电子位于宁波工业园区的厂区一角

情。邻镇的下沈缝纫机厂算是设备最好的了，但也根本没有线切割、电气弧设备。

这个问题也难不倒当年那些好汉。当他们得知，宁波拖拉机厂有这样的设备时，便托人与对方的师傅约好借用。把模具装上拖拉机，白天进不了城，就开到外围线等待。晚上工厂下班后，就直奔解放桥，顺便塞上几包香烟给门卫和对方师傅，一直干到下半夜两三点钟，然后，又"噔噔噔"一路尘烟地回到西周。

周辞美呢？是否闲着无事可干了？不，他也没闲着。他的任务还是调动他们的积极性，让这种干劲一直保持在高昂状态。

他几乎每天晚上都与师傅们待在一起，陪着他们干活、研究、讨论、想办法，口袋里掖着几包烟，还时不时地请他们吃饭、喝酒、抽烟，并关心他们的身体健康。

事实上，自从周辞美离开天津以后，董厂长的心就一直悬着。他一方面认定周辞美是个能人、一个难得的人才，他相信自己阅人无数，不会看走眼，另一方面，他始终放心不下。周辞美能够在半年内完成别人要一年才能完成的任务吗？他凭什么呢？象山难道比深圳还发达？

他越想越担忧，越担忧越怕。随着时间的流逝，这种担忧更是完全表露在脸上。于是，一天早上，他把几位工程师叫进了自己的办公室。

"我看那个叫象山的地方一定是个好地方，难道你们不想去看看，考察考察，学习学习？"

"厂长，我们是有计划，只是刚过一个月，我们本来想……"

董厂长却摇了摇手，制止了他。

"这件事情宜早不宜迟，你们到了那儿以后，看看模具的进展，顺便代我向周厂长问个好。"

他阴沉着脸，严肃地说。

"好的，我明白了，我这就去安排，这两天就出发。"

这边厢，当得知天津渤海无线电厂组建了一个考察组并且已经动身时，周辞美顿时焦虑起来。他完全有把握手下的几个师傅能够造出这套合格的模具，可是他那仅有一小间平房的邮电器材厂，怎么让考察组信服？事到临头，也只能再一次打肿脸充胖子了。他马上与下沈缝纫机厂联系，请求借用厂房设备。

考察组几天的考察中虽有诸多疑问，但都被周辞美坚定的承诺打消了。

四个月以后，考察组第二次进入西周。

令他们不敢相信的是，这一次，呈现在他们面前的是24套光洁锃亮的录音机模具。

经检测，全部合格。

当年年底，周辞美再赴天津。在渤海无线电厂，为表感谢，董厂长送了他一台新颖美观的收录机，然后，他紧紧地握着周辞美的双手，摇了又摇。

"谢谢你，真的感谢你，周厂长，这种收录机能在当年开发，当年投产，当年见效，这在我们厂历史上还是第一次。"

董厂长说得很真诚。随后，他推了推鼻梁上的眼镜，继续说："只是有一个问题我想了很久，一直找不到答案。你们一个小厂是如何在短时间内如此漂亮地完成订单的？这在深圳的国营大厂都做不到啊。"

闻听此言，周辞美微微一笑："既然董厂长诚心相问，那我也实话实说。论设备，论技术，论资金，我们这样的小厂根本无法与国营厂比肩，但国营厂却忽视了一个推动生产力的最重要因素——人！我呢，就是利用了这个因素，承包！有经济效益，同时也有沉重的压力，两者叠加，就能充分激发他们的潜能和聪明才智，一天20个小时都会扑在上面，收到的效果当然是10倍、20倍。"

是啊，周辞美说得不错，经济学原理告诉我们：任何时候都不能忽视人，毕竟，人是推动生产力的最重要要素，而且是第一要素。

当年，邮电器材厂产值突飞猛进。

与此同时，改革之火已在浙江大地上熊熊燃烧，由南至北，起点不同，方式各异，却同样涌现出了一系列可圈可点的办厂能人：

万向集团的鲁冠球已在一望无际的钱塘江边找到了自己一生努力的方向，干得风生水起；

21岁的南存辉用多年修鞋辛苦积攒的1.5万元，和胡成中合伙创办了求精开关厂，正式开启了漫漫商旅；

"汽车疯子"李书福向父亲借了4000元钱，开办了自己的第一家电冰箱厂；

后来创办龙元集团的赖振元，正带领着一帮泥腿子兄弟，一头担着铺盖，另一头担着木匠、泥工工具，进军陌生而又令人向往的大上海。

第三章
人，都是被逼出来的

我们当初办厂的时候，谁也没想过后来会办得这么大，我在汽车行业的成功，就是啃硬骨头。人家不敢动的，我们去动，这是"逼上梁山"。

——周辞美

在《东方启动点》这本书里，有这么一段话，引起了我的共鸣。书中这样写道：

"几乎从一开始，改革就必然带有无法逾越的模糊性和不确定性：怎么往前走？代价最小的捷径在哪里？会遇到多少妖魔鬼怪？

"我们不知道，我们无法知道。中国改革前无古人，没有先例可循，没有故事可讲，马恩列斯经典著作也不能给予超越时空的指点。摸着石头过险滩，这正是中国改革的艰难所在，这正是中国改革的意义所在。

"发展才是硬道理。今天，这句名言开始被我们真正地接受。但是在一个把名分看得比生命更重要的国度，确认这一点，相当不容易。"

剑桥中国管理研究中心联席主任田涛也在《改革开放四十年中国企业家精神的流变》的演讲中，发表了相似的看法。

他说："这（实业英雄群体）是一代老派风格的企业家，也是在强烈的饥饿感驱使下的冒险家。他们最先捕捉到时代缝隙中的一道闪电，然后就聚起全部的热情和身家性命赌上去，在体制的渐次裂变中迂回前进。风大了躲起来，风过了爬起来。有太多的人栽倒在山脚下、半山腰，能够活三十年、四十年的企业无不充满沧桑与传奇。苦难的土壤，开出了灿烂的花朵。"

在近五十年的商业生涯中，周辞美经历过无数次的谈判，签订过数不清的合同，金额有十万、百万、千万，甚至上亿。与后来的那些数字相比，天津渤海无线电厂的10万元，肯定是不足挂齿的一个小数字。

但在很多场合，周辞美却经常将这10万元挂在嘴上，他愿意讲，也喜欢讲，越讲越精彩。讲到后来，竟讲成了一个经典故事。严格来说，这个故事，是周辞美创业生涯打响的第一个战役，没有这个10万元的故事，后来的华翔集团是否还有诸多故事，还得打个问号。

换句话说，如果把后来的华翔集团比作一条大江大河的话，那么，这10万元就是这条河流的源头。

由此可见，这10万元在他心目中的重量！

"我当时只想着把这笔业务接到手，其他的一概不考虑。"他挥了下手，看似风轻云淡地说。

但也许，周辞美当年自己所写的一首诗，才能概括当初创业时他最真实的心态。

事业风云心憔悴，

不堪沉重哭向谁？

峥嵘岁月忆当年，

急流勇退自徘徊。

三十多年过去了，沧海桑田，随着时间的消逝，大浪淘沙，许多东西像流星一样，早已销声匿迹。而周辞美，他记住了那一次"单刀赴会"时众人的目光，并且随着时日的推移，这蓝幽幽的目光竟越来越清晰。

2013年5月的一天，象山县文化活动中心，这儿正在举行全县干部大会，700多个座位，座无虚席。时任县委书记李关定，县长叶剑鸣，以及人大、政协的领导参加了这次会议。

会议的其中一项内容就是邀请周辞美同志作《华翔的发展之路》的报告。李关定书记给他的报告时间是一个小时。

56分钟时间，周辞美生动形象地讲述了他创业生涯中的三个故事，也是华翔集团三个最重要的节点。

这第一个故事就是天津的"单刀赴会"。

讲台上的周辞美气宇轩昂，思维清晰，一点都看不出他已经70多岁，他一边讲演，一边配合着手上的动作，绘声绘色，把听众带回了那遥远的80年代。

演讲结束，全场爆发出热烈的掌声。有细心人做了统计，56分钟的报告会，总共响起过19次掌声。

有人说，没想到，周董的讲话居然这样风趣幽默、深入浅出，又富有哲理。

周辞美讲话很有技巧，上台发言从不用稿子，不会干巴巴地照本宣科，而是用自己的语言，充满了幽默与张力，并且颇具哲理性。他能一下子吸引听众的注意力，常常让听众感觉回到了听走书的年代。听过笑过之后，如果重新咀嚼，又会觉得他的话其实留下了许多值得思考与借鉴的东西。他善于快速抓住要害，直抵事物的本质。

凭着天津渤海无线电厂的这笔业务，象山邮电器材厂的发展已是势不可当，在天津开辟出了一片天地，最高峰的时候，天津有14家企业与他有业务关系。象山邮电器材厂的名头已太寒碜，明显不够响亮，于是，周辞美就着手申请，把"象山邮电器材厂"改名为"宁波邮电器材厂"，并在宁波设立了办事处，后来办事处又发展成为华翔进出口公司，方便开展业务。

厂名升级了，硬件也必须得升级。当时的厂房、设备、职工也确实无法满足如火如荼的发展势头。1986年7月，周辞美用20万元建起了一幢四层厂房，添置了机械设备。新厂房威猛气派，主要生产电器、电子塑料元件、佳能复印机部件和英文打字机，年产值跃升到700万元，创外汇100余万美元，一跃成为乡镇、县骨干企业。

他把新厂房的地址选在了马山脚下，几乎挨着大队制塑厂。新厂房落成之后，他又叫人新做了一块厂牌，悬挂在厂门口，晨光照耀下来，光彩夺目。

周辞美平时喜欢背着手，在厂区内踱来踱去，或者退后几步，笑盈盈地凝视着金光闪闪的铜制招牌。风和日丽或者秋高气爽的日子，他也会爬上楼顶，眺望不远处的大队制塑厂。进入他视线的大队制塑厂低矮破旧，杂草丛生，衰败不堪。

眺望着它，周辞美不禁一声叹息。

2008年，象山县县志办在一篇《华翔在改革开放中腾飞》的文字记载里，曾以史志式的笔墨概括、总结了周辞美所创办的企业在80、90年代的发展情形：

> 1984年7月，西周几家电子厂并入象山邮电器材厂，更名为宁波邮电器材厂，当年产值达到250万元。

1986年，宁波邮电器材厂再次兴建厂房，添置新型机械设备，生产规模进一步扩大，年产值达到450万元。

1987年，宁波邮电器材厂产值达到700万元，创汇百万美元。

1988年11月，宁波邮电器材厂与香港宁兴公司合资，成立宁波华翔电子有限公司。后来的华翔集团，即取名于此。

1989年6月，宁波华翔电子有限公司洽谈承接航天工业部下属的上海工厂开发汽车空调的业务，如果这一产品开发成功，一汽大众公司的空调产品将由华翔生产，但产品的模具开发费以及风险将由华翔承担。条件虽然苛刻，但面对诱人的前景，华翔电子有限公司接受了这个订单。

1990年，华翔开发的上海桑塔纳汽车空调试制获得成功，利润倍增。随后，一汽大众公司的汽车空调项目由华翔生产。华翔成为大众共同体成员，在汽车配件行业中取得了一席之地。到1994年，华翔开发的空调配件产品达到58种，其中捷达、夏利、北京吉普、广标、桑塔纳、五十铃等轿车的冷暖风、鼓风机、进风罩等产品，填补了国内空白。1990年，华翔集团的产值突破了亿元大关，利润1954万元，税金170.20万元。因此，国家批准华翔集团成为国家大型企业。

1992年，党的十四大召开，出台了调整国有经济结构的重大战略构想。在深化改革的东风吹拂下，华翔集团着手运用资本经营手段，抢占国内外汽配市场份额，通过收购、参股、控股、联营等方式，进行大手笔的兼并活动。相继与长春一汽、上海大众、德国通用等公司签署多种形式的合作合同，共同出资创办"长春华腾""上海华新""联翔"等联营公司。

1994年5月，华翔利用上海浦东开发的有利时机，投入416万元与上海汽车空调器厂组建了上海华新汽车橡塑制品有限公司，不到两年，收回了全部投入资金。

1997年，华新公司资产总值增加到了1200万元，实现利润680万元。

华翔集团自20世纪80年代末进入汽车配件领域，取得了骄人的业绩：一个汽车前盖的内饰件占有世界80%的市场份额，汽车空调器、塑胶总成配件等占中国80%的市场份额，成为上海大众、长春一汽的共同体成员和通用公司的供应商，有"中国的德尔福"之称。

官方的文字记载总是简单而又亮丽，它很少记述这亮丽背后的艰辛与拼搏、危机四伏的暗流、艰难险阻的礁岩。比如说，一个毫无背景、毫无关系的农民，他是怎样打拼，白手起家，成为后来的企业家的？一个几乎从零起步的家庭作坊式的小微企业，又是如何迅速发展，跻身中国的大型企业之列的？

今天，我们回头去看，在华翔集团一步步成长的过程中，究竟发生过多少故事，凝结了多少艰辛与汗水，走过了多少坎坷与曲折，恐怕连当事人周辞美都记不完全了。

人们往往愿意记住的是成功，是光辉，至于月亮的背面，骨子里的东西，大家都视而不见，懒得探讨。

但许多细节赖彩绒却记忆深刻，尤其是邮电器材厂当年办厂初期的情形，依然历历在目。作为当事人之一的她，她说这辈子要想忘记它，恐怕很难。

1994年组建宁波华翔集团公司，确立"实干兴业，荣辱与共"为华翔集团的企业精神

"我是从辞美进邮电器材厂的第三个月进厂的，开始时，一天到晚扳压机，扳得手臂都肿了。后来，辞美说是照顾我，叫我去送货。哪里知道，送货也挺累。当时的交通不发达，根本没有车，只能肩挑背扛，坐绿皮火车，还是慢车。快车还不让你坐，因为行李太多了。"

赖彩绒叙述得很慢，也很细，她似乎是在细细品味，我的眼前渐渐浮现出了这样的景象。一个健壮的中年妇女，脖子上挂着一条白毛巾，肩膀上担着一根青白色的扁担，原料取自西周山上的毛竹，柔软而光滑，弹力足。她走路风快，一颠一颠的，双臂呈"一"字形张开，拽住绳子的一头，汗珠像雨滴一样，沿着她的脸庞淌下来，濡湿了上衣。实在太累了，就歇一歇，喘口气，拿毛巾擦一把脸上的汗，然后继续向前。

如今的赖彩绒也是一位70多岁的老人了，或许是年轻时吃过太多苦的缘故，脸上总挂着一层淡淡的愁容，老是担心这担心那的，仿佛还不想把自己的余生完全融进岁月的静好之中。她行动徐缓，当年挤公交车、挤火车、挤轮船时的那股风火劲儿，已消隐在了岁月中。

"有一次，辞美叫我去天津送货，送的是八档预选开关，很重，我挑了四箱，同去的老板的一个徒弟挑了六箱。一路上，我感觉就像是挑着两座山。两个肩膀都挑溜皮了，汗水一浸，更是疼痛难忍。总算挨到了杭州，想购买去天津的火车票，竟只有两天之后的，还是站票。又不想住旅馆，心想着还是省省吧，只得在火车站里待了两天。好不容易上了车，又挤，由于行李多，还被旁边的人嘲笑：乡下人，那么多行李，搬家呀？"

赖彩绒嘟嘟哝哝地述说着，继续沉浸在过去的回忆里。

"那一次，我真想大哭一场。再后来，厂里的业务扩大了，在宁波设立了办事处，我就去了办事处，帮他们买菜、做饭。先是宁波，再是天津，最后是上海，每一次都是瓶瓶罐罐，油盐酱醋的，从西周带过去，也不轻松。"

她轻轻地叹了口气。

"艰难哪！就这样一步步走过来了。"

多少往事最后在赖彩绒心田里凝结成了这样一句话，在秋风中飘散。

从1982年到1990年，不到十年的时间，华翔集团的产值就突破了亿元。从一个濒临倒闭、风雨飘摇的小厂，竟一跃成为国家大型企业。

这是怎样的变化？

又是什么样的飞跃？

靠的又是什么？

如果说，当年与天津渤海无线电厂的合作成功，是一个启动点，让周辞美的视野一下子拓宽，迈进了发展之门，那么，1990年，上海大众桑塔纳轿车空调器的开发成功，则是另一个启动点，让华翔集团从此矢志不渝地走上了一条汽车零部件生产的金光大道。

1989年6月，周辞美与上海空调器厂联营的事在友好的气氛中紧锣密鼓地进行着，而且有了令人舒心的眉目。如果此事能成，那将是周辞美与他的邮电器材厂又一次大踏步的飞跃。

联营是否成功取决于华翔能否开发出桑塔纳空调器外壳。开发桑塔纳空调器外壳模具是一个艰难与曲折的过程，条件非常苛刻，研发的全部风险由华翔承担，初步估算，需要投入650万。当时，企业年产值是1000万，可以说，周辞美是押上了全部家当。

此事表面上看起来风平浪静、波澜不惊，实际上却是暗流涌动、刀光剑影，更别说谈判桌上的较量。在周辞美看来，这个问题很简单，就只有一个字"投"，不存在第二个选择。这样的绝佳机会，以他的性格来说，岂能视而不见或轻易放过？他需要赌一把，赌一把自己的眼光与判断，赌一把自己的命运。他也需要挑战自己，更需要证明自己。哪怕失败了，碰得头破血流也在所不惜。

其实，现在回过头去看，可以毫不讳言，当时的周辞美不仅仅是在赌自己的眼光与判断，也是在赌他后半辈子的人生之路。

当时很多人都反对，理由是风险实在太大。

有一天早上，一个人走进了周辞美的家，他与正在烧早饭的赖彩绒打了个招呼，熟门熟路地走向周辞美的房间。

他敲了敲门，但没等回答，就径直推开了门。

房间内烟雾笼罩，像即将着火似的。床头柜上的一只硕大的烟灰缸盛满了烟蒂，有的只是吸了几口，就被掐灭在烟缸里。

周辞美正半斜躺在床上，他还没有起床，手上夹着一支燃烧的香烟，头发蓬乱，沉着脸，眼睛里布满了红红的血丝。他朝来人瞟了一眼，点点头，算是与对方打了个招呼。

"不是又来劝我的吧？"周辞美开门见山地说。

来者咂了咂嘴，一边举手挥了挥烟雾，似想把它挥去，一边说：

"辞美，那件事还是再考虑考虑吧，万一失败了，那就前功尽弃了。"

"不会的，我不会失败的，你放心。"

他一边说，一边挺起身，让自己坐得舒服些，又伸出一只手，一把将抽了半支的香烟碾灭在烟灰缸里。

"辞美，信心是一回事，成功又是另一回事，万一，我是说万一，你就一夜回到解放前了。"

"我清楚，我比谁都清楚。但是不拼，怎么能杀出一条血路？"周辞美已经微露愠色。

他又点燃了一支烟。

"问题是，你现在已经不需要那么拼了。你看，你现在车子、房子都有了，两个儿子也长大了，企业也办得好好的，你已经是先富裕起来的人之一了，还那么拼干什么？"

他抬起头，扫了一眼周辞美，看到对方的眼睛里突然精光四射，就及时地闭上了嘴。

"好了，说完了吗？说完了，那就别说了，老生常谈，一点创意都没有。我决心已下，你就是说破了嘴，也没用。"周辞美终于不耐烦了，他大声地说，"是你决定，还是我决定？"

话说到这个份上，再说下去已经毫无意义。

"好吧，你就决定吧，从此之后，我要是为此事再说一个字，就当我是在放屁。"

那人的脾气也上来了，他霍地立起身，掸了掸衣服，大步流星地走了出去。临出门前，还不忘重重地把门关上。

"熏死你，忠言逆耳，牛脾气，老顽固。"

他一边走，一边恶狠狠地嘟哝道。

1989年9月30日，双方签订协议。周辞美原本打算用一年半的时间进行研发和试验，但最后只用了不到半年。1990年，华翔试制成功国内首个汽车空调壳体，完成其创业史上惊险的一跳，并实现了与上海大众的"联姻"，从此搭上了汽车国产化进程的最早班车。

他赢了！

对于当时的情形，周辞美曾豪气地笑言自己是"逼上梁山"。

"人，都是被逼出来的。一个向往安逸的人，不可能有太大的成功。我们当初办厂的时候，谁也没想过后来会办得这么大，我在汽车行业的成功，就是啃硬骨头。人家不敢动的，我们去动。只有人家不会做，不想做的，我们去做才有更多机会。逼一逼，也许就真的成功了。这就是'逼上梁山'。"周辞美说。

当年的上海空调器厂厂长叫张振华，如今，也应该尊称为老张了。当年，在与周辞美合作的工厂里，老张又担任了八年厂长。两人关系比较

1989年9月30日,上海空调器厂和华翔签订开发汽车空调器塑料配件的协议,与华翔结成战略合作伙伴

铁,他比周辞美早出生两个月,所以在周辞美面前,以大哥自居。将近三十年后的一天,即2018年10月10日,两人在黄浦江边的世博园三楼一家日本料理店里相聚。

桃李春风一杯酒,江湖夜雨十年灯。

经历了三十年的风雨,张振华厂长的头发也从茂盛走向了稀疏,但他依然健谈,脸色饱满红润,写满了幸福的光彩,当年的合作情形在他的脑海里依然清晰如新。几杯清酒入喉,额头与目光便变得明亮如炬,他情不自禁地一次次伸出双手,搂住周辞美的肩膀,一边晃,一边嚷道:

"兄弟啊,整整三十年了,不容易啊!"

一会儿之后,再次搂住对方:

"兄弟啊，整整三十年了，真的不容易啊！"

"路，就是这样一步一步走过来的，最初哪怕是很小的一步，也是极其艰难的。"多年以后，当周辞美回忆起当年的创业生涯时，他依然不无感情地这样说道。

在2018年的全县工业大会上，经不住县领导的几次邀请，76岁的周辞美再一次登上领奖台，作为企业家代表发言。在此之前，华翔集团已位列宁波市制造业"百强企业"第11位、"综合实力"第20位，浙江省制造业"百强企业"第70位（2019年是第65位，进步了5位——作者注），并被宁波市确立为象山县唯一一家千亿级培育企业。

也许是周辞美想到了当年，又或许是为了激励台下众多企业家的士气和信心，毕竟2018年是一个特殊之年，对于实体经济来说，似乎有一种黑云压城、山雨欲来的感觉。

于是，只打过腹稿的周辞美朗声说道：

"20世纪80年代初，我开始办厂的时候，象山的爵溪就已是一个亿元镇了，并且有'中国针织名城'的光荣称号。我当时就在想：哇，一亿元，这该是一个多大的数字？我什么时候也能达到这个数字？结果，用了十年的时间，我的企业产值也突破了亿元大关。于是，我又想，什么时候能冲上10亿就好了。没想到，还是十年时间，10亿的愿望实现了。10亿的目标完成之后，我又继续想，接下去的十年我能冲击多少呢？结果是冲出了100亿。今年，我们华翔集团的销售额接近了200亿，尽管与千亿的梦想还有很长一段距离，但并不是遥不可及。"

他稍微停顿了一下，似在思考。随后又继续说道：

"当然，我在这儿必须要提醒大家，理想与现实是两个不同的概念。理想很丰满，但现实却总是很骨感，很残酷。现实需要我们脚踏实地，一步一个脚印地去丈量，马虎不得，走错一步就有可能掉入万丈深渊，粉身碎骨。

"办实体就是这样难，尤其是民营企业，更难!"

他举起双手，张开五指，朝着听众扬了扬，提高了声音。

"那么，什么叫脚踏实地?

"如果确定井下有水，就要在这一个地点投入精力和时间，把力量用在一个井口。宁可十年挖一口井，不去一年挖十个坑。

宁波华翔电子股份有限公司董事长周晓峰在全县工业大会上发言(2016年)

"这就是脚踏实地。"

他再次有力地挥了下手。

"各位可能都清楚，我们华翔集团的企业文化浓缩起来就是八个字：实干兴业，荣辱与共。实干：就是脚踏实地，扎扎实实，沉下心来干，只有这样，才能把企业做好，它是方法。荣辱与共：是把老板与企业员工的利益捆绑在一起，构成一个命运共同体，这是理念。一个成功的企业家任何时候都必须脚踏实地，切忌浮躁，急功近利，盲目扩张。办企业从来都是只靠市场，不靠市长，要永远记住市场是第一位的。这也是鲁迅先生所说的，一要生存，二要温饱，然后才能求发展。

2012年，华翔集团被授予象山县工业企业纳税功勋奖

"不然，你会死得很难看。

"我的讲话完了，谢谢大家！"

这就是周辞美，就是华翔！豪气不折，锐气不减，一个牢牢站立在大地上的人！

第四章
兼并陆平机器厂

现在，就算是有一把枪抵着我的脑袋，我也要签下自己的名字。

——周辞美

铁岭，地处辽宁省北部，是辽宁省的一个地级市，以"二人转"闻名。那儿土地肥沃，是我国的粮食主产区之一。清初时，曾出过两位名人，都与文化有关，一位是曾写出"人生如若初相见，何事秋风悲画扇"的词人纳兰性德，另一位则是续写《红楼梦》的作者高鹗。这些是我从百度里查找到的，我对铁岭知之甚少。可以肯定的是，20世纪90年代以前，铁岭在中国的版图里默默无闻，后来出了一个"小品王"赵本山，铁岭才蜚声海内。如果不是改革开放这个纽带，铁岭怎么也不会走进2000多公里外周辞美的视野。

转眼到了1999年，20世纪的最后一年。

仲春的一天，铁岭的天空像倒悬着一口无边无际的大锅，阴沉沉的。

窗外正在下雨，淅淅沥沥的，不大，却也没有停歇的意思。

"这雨啊，已经下了好几天了，烦人。"陆平机器厂的滕盘成厂长似在自言自语，挥了挥手，想把眼前的阴沉扫去。

那段日子，滕厂长的心头也悬着一口沉重的铁锅，一直愁眉不展。为此，他的间歇性偏头痛又犯了，加之又是阴雨天，头痛越发严重。滕厂长讨厌阴雨天，有时候简直到了咬牙切齿的地步。

"这鬼天气！"他恶狠狠地骂了一声。

站在办公室窗前，滕厂长的一只手举起来，使劲地揉着太阳穴，另一只手搭在窗台上，目光忧郁地凝望着厂区。

走进他视野的是一排排厂房，红砖裸露，破旧低矮，经过多年的风吹雨淋，墙面上就像长满了牛皮癣。它们大都建造于60年代初期。

车间内，机器轰鸣，工人们进进出出，看似一番热闹的景象。但滕厂长清楚，这仅仅是表象，这样的日子恐怕已不会持续太久，说不定哪天就戛然而止了。去年，全厂4000多万的销售额却只有区区10万的利润，而且还是"算"出来的，今年的开局更是困难。

亏损只是时间问题。

这样的状况实际上已经持续了好几年，自从高峰时期的8000万过去以后，陆平机器厂就迎来了低潮期，年年处于暗亏的状态，就像是走进了一个魔咒，始终没办法解套。为此，铁岭市委、市政府绞尽了脑汁，召开过几次专题会议。会上，大家莫衷一是，想不出什么给力的好方法。

早在1997年，党的十五大就提出了加快老工业基地的改造，这对东北地区来说是加快发展的重要机遇。铁岭市内80%的企业早已闻风而动，改制的改制，兼并的兼并。而陆平机器厂作为一家军工企业，一直挺到了现在。

陆平机器厂成立于1960年，隶属于原电子工业部雷达局，是一家生产雷达车厢、移动电站及雷达天线的专业军工厂。1986年军转民，有职工2000多人，产值最辉煌年8000万，大多数年份都在3000万至4000万这个区域内徘徊。

自军转民后，企业下放地方管理，国家不再指派生产任务，不给资金，陆平机器厂就像断奶的孩子，又缺乏增粮的新渠道。因此，日子一天比一天艰难。

尽管他们也不断利用自己军工企业的优势，开发主打产品，如军民两用大板方舱、大板厢式车和特种车，但国有企业的体制性和机制性矛盾一直制约着前进的方向，很难使陆平机器厂真正融入市场的河流。

说实话，此时的陆平机器厂已成了一个烫手山芋、一块鸡肋。究竟何去何从，滕厂长的心里也十分迷茫，找不到方向。

滕厂长的担忧也是在这儿。一方面，他是爱这个厂子的，毕竟自己曾对它倾注了很多的感情。尽管它并不姓滕，但对他来说，终究也算是自己的"孩子"。改制以后，自己当不当厂长还在其次，那2000多名工人怎么办？一个存在了四十年的企业，要在自己的任上画上句号，叫他又如何甘心？

如果不改制的话，前方的路又在哪里？肯定会越走越窄，看不到出口，其结局还不是下岗、裁员、关门？

一想到这一点，他又于心不忍。不甘不忍，却又无可奈何。

每当想到这儿，滕厂长就觉得头一圈圈地大起来，一波一波，像针刺似的隐隐作痛。

他把野草一样散乱的目光从窗外收回来，抬起手，捋了捋本就稀疏的头发，摊开手掌，他看到自己的手掌里一下子多了数根黑白相间的头发，不禁重重叹了口气。

"老了，无能为力了。"他自言自语地说，沮丧地摇了摇头。

这段时间，他感觉到自己仿佛老得特别快，很多事情都有力不从心的感觉。

其实，滕厂长自己也清楚，陆平机器厂走到今天，也只有唯一的一条道可以走，那就是下猛药——改制。

只有改制，才能拯救陆平机器厂，才有可能活下去。

这一步早晚得走。

为此，早在去年，滕厂长就已接触过几位买家，谈过几次。但资本都是逐利的，没有谁是救苦救难的观世音菩萨，那几个买家不是趾高气扬地对那些破场地、破设备看不上眼，就是落井下石，趁机杀价，甚至要求所有工人一律下岗，而这一点滕厂长一方又无法接受。因此，陆平机器厂的改制之事就这样一拖再拖，一直拖到了世纪末。

有人敲门。

进来的是副总关莉，她高高大大，走起路来风风火火的，像个男人。关莉兼任营销部经理，主持营销中心的工作，是一个典型的东北女人，大胆、泼辣、执着、豪爽，对自己的营销工作充满了热情。

关莉告诉厂长滕盘成，又找到了一个有意向接盘的企业，从事汽车零配件行业，近年来做得风生水起，名气很大。老板叫周辞美。不过那是一家民营企业，总部设在宁波象山。

"宁波象山，民营企业，我们曾经的副总朱总明联系的？我记得他也是那儿的人。"滕厂长再一次伸手摸向脑袋，喃喃地说。

关莉重重地点点头。

关莉走后，滕厂长重新陷入椅子中，似想非想，却并没有一个明确的思考方向。

过了一会儿，他再一次站起来，走到窗前，目光空洞地扫视着整个厂区。

窗外，雨还在下，全没有停歇的意思。

"这鬼天气!"

滕厂长最后嘟嘟哝哝地又骂了一声。

风，清风，撩人欲醉。

雨，细雨，沾衣不湿。

人间四月，大地芳菲，草木回春。历经一季的严冬后，枝头上的嫩芽已经绽放，一派春意盎然的景象。

马山青翠欲滴，大嵩溪在欢乐地歌唱。

正是乍暖还寒的季节，周辞美穿了一件衬衫，外披一件夹克，背着双手，一路呼吸着春日山峦间甜丝丝的新鲜空气，走走停停，顺便看看工程的建设进度，有哪些细节需要改正。这也是他办厂多年养成的一个习惯，对每一件产品他都精益求精，把它视为作品。华翔集团是他的一件作品，两个儿子是他的两件作品，这座山庄同样是他的一件作品。

早在三年前的1996年，周辞美就在这片名叫鲤龙潭的山坳里投了5000多万，打算兴建一座山庄。山庄的名字，他早就想好了，就叫"华翔山庄"。

在此之前，他曾踏遍了整座马山，目的就是将他脑海里的规划更加完善。

兴建华翔山庄是多年的梦想，起源于他第一次去美国的考察，然后，在脑海里存放了许多年，也设想了无数次。他爱这片土地，爱这片山林，不仅仅是因为这片山坳景色秀美，也因为这座山的名字叫马山，而周辞美属马。

所有的上层建筑都离不开经济基础，华翔集团那几年的发展可以称得

1996年7月,华翔集团投资兴建华翔山庄;2009年,将华翔山庄改建为鲤龙潭森林公园,园内建有准四星级酒店——华翔国际酒店

上"飞速"二字,业务量蒸蒸日上,影响也越来越大。据统计,1994年,华翔集团实现销售额7462.88万元,利润1095.40万元。1995年,足足翻了一番,一下子飞跃提升为15977.67万元,利润2214.93万元。1996年,又在1995年的基础上翻了一番,达到32695.67万元,利润4005.90万元。

那时周辞美的两个儿子已经长大,都能独立行事,得失有度,进退有据。两人身上没有一丝一毫"富二代"的戾气,这一点尤为难能可贵,他们也是最令老爸周辞美放心、最值得自豪的作品。大儿子周敏峰从1993年起就执掌"华众塑料",数年下来,稳重而不激进。小儿子周晓峰1994年离开邮电局,成为华翔的一员。他聪慧灵敏,浑身上下焕发着年轻人的朝气,先是从事销售工作,后来周辞美给了他一个"宁波华翔电子"的壳,

2012年,华翔集团被全国绿化委员会认定为全国绿化模范单位

又给了一个上海大众刹车油壶的开发项目,他同样没让人失望。

两个儿子如此优秀,反倒令周辞美觉得无事可干了。所以,在1996年的某天早晨,一觉醒来的周辞美又忽然忆起了去年到美国考察时看到的美国人的生活环境,大受触动,竟使他内心里萌生了退隐的念头。

"采菊东篱下,悠然见南山。"这是他心底里向往的一种生活。在他看来,人活一辈子,最大的罪孽来自无限膨胀的欲望。钱是永远赚不完的,什么样的数字算是够呢?冲锋陷阵了几十年,也该歇一歇,喘口气了。

此身只合青山老。喝酒饮茶、写诗填词、散步爬山,与老伴一起晒晒太阳,约三五个好友侃侃大山。

这人生,夫复何求?

于是,他决定投资兴建华翔山庄。

1998年11月20日，民盟浙江省八届六次常委（扩大）会议在华翔山庄召开

几年下来，马腾楼、华翔楼、华翔国际酒店、望月楼，华翔山庄逐步完善起来，厂房林立，绿树掩映，这仿佛就是周辞美的一个梦。

周辞美转过一个弯，在一座高大的影壁前再一次停下脚步，久久地凝望着。影壁上刻着一首诗，是他自己创作的，书法出自中国当代最有名的书法大家——启功之手。白瓷绿字，与壁旁数棵红梅相映成趣：

风刀霜剑几度春，华翔梦影渐成真。

浓雾托月马山惊，千古山庄是吾身。

"诗言志，这是自己创办华翔集团的真实写照啊。"他把这首诗咀嚼了一遍，再咀嚼了一遍，竟觉得有些恍惚，往事就像深秋的红叶在他的眼前一片片飞舞飘落，人世间的酸甜苦辣、坎坷沉浮，看不清的人心、猜不透的结局，一桩桩一件件，涌上心头。遥想当年政策稳定了，自己也心无旁骛地一头扎入市场经济的大潮中，造就了浙江省乡镇明星企业、浙江省工业企业最大企业、浙江省最佳经济效益工业企业、宁波市综合经济效益百强乡镇企业。

天上可不会掉馅饼，这一切，都是他周辞美一步一个脚印奋斗出来的。要说多艰辛就有多艰辛，陆路、水路、荆棘路，这一路走来，哪一路不是在拼搏？昨天、今天、明天，哪一天不是风雨兼程，哪一天不是在战战兢兢、小心翼翼地摸着石头过河，不敢有丝毫怠慢松懈？所以，他在创业之初就把"实干兴业，荣辱与共"这八个大字确定为整个华翔集团的办厂宗旨，镌刻在山庄内一处显眼的岩壁上，

警示自己，也提醒后来者。

然而，时间却在悄悄地流走，一眨眼，大半辈子就这样过去了，往事如烟，梦里依稀。本打算退居在这山庄中，然而被集团的大小事务纠缠，几年来也未如愿。这样想着，周辞美的眼角竟渐渐迷蒙起来。

"周董事长，有朋友来看你了。"身后忽然传来了一个声音。

周辞美回头，他先是看到了投射在地上的一个高大身影，身影在快步向他移近。然后看到了两条向他伸出的手臂，手臂长长的，手掌细腻光滑。阳光下，周辞美甚至能清楚地看到对方洁净的手背上爬动着的蓝色血管。

他看到了朱总明。

1999年底,民盟象山县支部成立,华翔集团董事局主席周辞美当选为主委

朱总明,浙江象山西周人,1961年生人,1987年7月毕业于江苏大学,专攻汽车设计制造,毕业后分配在辽宁铁岭的陆平机器厂,担任车辆研究所的设计员,随后升任为车辆研究所所长、市场开发部部长,继而提升为陆平机器厂副总。

朱总明向他讲述了一个千里之外的国营厂的故事。

其实,在周辞美回头认出朱总明的一瞬间,他就隐隐感觉到,有一件大事将在他的身上发生。从此,他收藏起退休的梦想,重新穿上战袍,驰骋疆场。

只是,那时的周辞美还无法想象到,他当年的那次回头,将书写华翔集团一段辉煌的历史。

尚未进入三伏天，北方大地却已燠热难当，太阳像一只烧红的火盆，挂在头顶上。广袤平原上吹过来的微风，夹杂着阵阵热浪，吹在身上，使人汗涔涔，昏昏然，眼皮沉重。

这一天，陆平机器厂迎来了一群特殊的客人，为首的精神饱满，气宇轩昂，他就是大名鼎鼎的华翔集团董事长——周辞美。在此之前，为了兼并的事双方曾接触过几次，也基本达成了一定的意向，但周董事长亲自带队来陆平考察还是第一次。

做事，周辞美历来认真，他一向注重深入基层，调查研究，在此基础上，再做出判断。但一旦决定了，则是雷厉风行，勇往直前，充分展示出一位民营企业家的果断与勇敢。跨省的兼并，对于他来说是第一次，何况背景悬殊，一家民营企业兼并国营企业，更是第一次。即使放眼当时整个中国，也是属于开创之举。

所以，周辞美不得不慎重。因为他清楚，这事不仅仅关乎他一个人，而是关乎整个华翔集团的命脉。再放大了说，则是关乎中国改革开放的深度和广度。

滕厂长亲自上沈阳迎接。由于之前两人曾在华翔山庄有过一次见面，所以陌生感早已消除，倒是增添了几分亲切。在驱车前往铁岭的过程中，他再一次向周辞美详细介绍了陆平机器厂的产品结构、优势及现状。

美好的结局往往起始于开始时的默契与合拍。

换句话说，这就是一种缘。

在交流的间隙，周辞美不时把头扭向窗外，观赏着北方大地上独有的行走的风景。道路很宽，两旁急速闪过一排排白杨树，错落有致，间隔有序，构成了一道长长的密匝匝的帘幕，使周辞美想起了《白杨礼赞》：

"这是虽在北方风雪的压迫下却保持着倔强挺立的一种树！哪怕只有碗那样粗细，它却努力向上发展，高到丈许，两丈，参天耸立，不折不挠，对抗着西北风。"

眺望着一眼看不到尽头的白杨树，周辞美胸膛里热乎乎的，有一股甜丝丝的东西正在缓缓上升，继而漫溢到了全身。

做人，尤其是男人，就应该像白杨一样，顶天立地，无畏无惧，奋力向上，热辣辣地刺向天空。

他又联想到了家乡漫山遍野的毛竹。

"竹子又何尝不具备这样的品格呢？"他由衷地感慨道。

稻田、玉米树，暖风吹送，翻起了一轮又一轮的绿波，就像万顷碧海，广袤无垠。绿色波浪中偶尔呈现出来的村庄，恬静而安然，天际隐隐约约的山峦，宛如一条淡淡的墨线，横亘在地平线尽头……

"多么漂亮的一幅山水画呀！"

或许，那就是想象中的诗和远方。

车子经过铁岭市时没有进入城区，而是沿着一条溪流继续前行，又穿过一条不长的隧道，随后在一群灰蒙蒙的建筑前停下来。

"我们到了。"坐在副驾驶位置的随行人员轻声说。

另一拨等候在门口的厂方人员迎了上来。开门、下车、介绍、握手。滕厂长瞧了瞧表，已近午饭时分。

"周董，是先上会议室坐坐，吃了饭再参观，还是先参观，再交流？"

"还是先四处看看吧。"周辞美兴趣盎然地回答道。

他心情不错。

抬眼望去，映入眼帘的是清一色陈旧的平房，大多呈"工"字形，典型的60年代的苏联式建筑，墙面没有粉刷，裸露着本色的砖块。

车间也是砖结构，空间倒是很大，设备依序安装，机器旁依次是操作的工人。一眼望过去，场面蔚为壮观，一派热火朝天的景象。只是设备基本老旧，根本瞧不见大型的、代表先进生产力的现代化装备。

一个奇特的景象引起了周辞美的注意，他发现，车间内几乎所有的男性都是裸着上身。

他觉得不可思议，还以为是自己看错了。他揉了揉眼睛，再仔细确认了一下，发现自己并没有看走眼。

尽管天气闷热，但工作中的男性工人不穿工作服，对于阅人无数的周辞美来说，还真是第一次碰到。在他的经验里，这是不允许，也是应该坚决杜绝的。

他不经意地皱了一下眉头。

但他立即就猜到了其中的原因。走在身边的滕厂长也似读懂了周辞美的心事，微微红了脸。他凑过身来，悄悄地对周辞美说："周董，我们已经很长时间没有发过工作服了。"

"我理解。"周辞美点点头。

车间内共布置着三排一长溜的机器，机器与机器之间是一条长长的走道，堆积着原材料、工具箱、产品以及垃圾，空气里弥漫着一股说不清楚的酸酸的气味。

在一台与众不同的车床前，周辞美停下脚步。说它与众不同，是因为与其他车床相比，这一台特别整洁与干净，在一长溜油污满身的车床里，显得"鹤立鸡群"。

操作这台车床的是一个40岁左右的男子，手法娴熟，神情专注。当周辞美一行人走到旁边时，他甚至连头都没抬一下。

周辞美静静地观察了一会儿，忍不住开口问他："你叫什么名字呀？"

他挪了挪身子，回头瞟了一眼，又立即转回身，仿佛眼前的机器比身后的那群人更有吸引力。

"余一山。"他没好气地大声道。

周辞美怔了一下，但他假装没听出对方口吻里的情绪。"你技术不错，有职称吗？"他一边问，一边弯腰从产品箱里拾起一个产品，举到眼前，一再端详。

没有回答。

"他叫余一山，是我们一车间的技术能手，工作积极，年年都被评为生产标兵。"滕厂长挤上前来，凑近周辞美的耳边，小声说。

突然，混浊的空气里飘过来一阵饭菜的香味，还夹杂着一股肉香，一阵紧似一阵，盖过了车间内的机油味、铁锈味和汗味。

"奇怪！车间里怎么会有饭菜的香味呢？"他好奇地思索着，继而猛烈地抽动了几下鼻翼，试图寻找这味道的出处。

循着味道的来源走去，周辞美看到车间的一个角落里堆着一座煤山，旁边排放着两只大铁桶，一只铁桶里热气腾腾地烧着米饭。一个巨大的砧板旁，几个光着上身、厨师模样的人，正动作熟练地把大白菜一棵棵剁碎，丢进另一个铁桶，接着，又丢进去一大堆猪肉。另外两个汗流浃背的工人，举着巨大的铁锹，一铲铲地往灶膛内送煤。

原来，陆平机器厂没有职工食堂，厨房就地选址，直接安置在车间内。

"这么多年，你们都是这样过来的？"周辞美忍不住回头问滕厂长。

"是的，由于缺乏资金，我们无力建造一座职工食堂，让周董见笑了。"

"不，不，我倒觉得别有一番风味。"周辞美莞尔一笑。

还有一个令周辞美印象深刻的就是陆平机器厂的厕所。

"简直脏得一塌糊涂，几乎放不下脚。"他如是说。多年以后，周辞美回想第一次去陆平机器厂考察时，对那儿的厕所依然印象深刻。

对此，时任华翔集团董事长助理、后担任集团公司副总的郑国也深有同感。郑国1997年进入华翔，在华翔服务了二十二年后退休。在兼并陆平的整个过程中，他是积极的参与者与忠实的执行者，他说："除了产品具有吸引力外，陆平机器厂的设施与管理，确实不敢苟同。每天的垃圾都堆在车间的通道里，看上去像一座座连绵的山峦，一个星期集中清理一次。一边是机器轰鸣，另一边则是异味扑鼻。

"当时的陆平机器厂有两个特点：一是军事化管理；二是'大跃进'模式。"

有必要介绍一下郑国：

这个在刚进华翔集团时，曾吹嘘自己喝过一斤白酒的男人，原来滴酒不沾。他个子不高、瘦弱，看上去病恹恹的，花白的头发下是一个聪明的脑袋。他内秀外优，性情温和，谈吐斯文，意志力坚韧。似乎什么都懂，像一本缺了一个角的百科全书。熟悉法律和财务，与政府各部门的沟通更是得心应手。他还擅长写诗填词，而且写得颇具古意，令人佩服。

郑国是恢复高考后的第一批中文系大学生，后来成了中学老师，再后来又自学法律，获得了律师资格，这在法律意识并不很强的当时，尤显目光深远。然后，他终止了讲台生涯，到乡镇企业管理局工作。1993年，为响应县里提出的"干部为服务企业，为企业架构政企渠道"的号召，与全县27名中层干部一起走进了"象山二建""天安"等企业。没过几年，这28人中的27人全都中途退出，只剩下了郑国一个人，还在坚持服务。

在郑国的身上，你能深切地感受到世界是一个矛盾体。他自律、清廉、负责，工作干劲足，生活相当有规律，又十分注重养生；却体质弱，对温度尤其敏感，哪怕只低一度，都会引来一阵狂咳，常常咳得脸红耳赤，腰背佝偻。这与他的老板——周辞美刚好形成了强烈的反差。

一般来说，南方的冷属于阴冷，是会一直钻进骨髓的那种冷。每一年冬季还在路上，郑国就老早做好了保暖工作，羊毛衫、羊毛裤，一袭长风衣，裹得严严实实，密不透风。周辞美却连棉毛裤都不穿，好像那阵阵的刺骨寒风与他无关。他还喜欢在寒风中走路，昂首阔步，"咚、咚、咚"，每一步都走得那样沉稳有力。

直到今天，依然如此。别人都冻得瑟瑟发抖时，你若问他：

"老板，冷吗?"

"不冷，冷什么?"他铿锵有力地反问道。

他的胸中就像埋藏着一盆火，一盆要将华翔集团做大做强的熊熊烈火。

但就是这样反差极大的两个人，竟像两个相互吻合的齿轮，构成了华翔集团的完美组合。

每一次从陆平回来，周辞美都感到意气风发，精神饱满，浑身似有使不完的劲。随着双方接触次数的增加，周辞美对办好陆平机器厂的信心也更进了一层。

从开始接触，到实质性谈判，再到签字握手，兼并成功，周辞美与陆平机器厂前后总共接触了14次，双方各往来7次，其间包括与铁岭市政府领导和工作人员的接触。

谈判是一门艺术。它不但需要有诚心，还需要有耐心。

"每一次实质性的谈判都非常艰难，双方都需要努力争取己方的利益最大化。"郑国说，"只有诚意还远远不够，诚意只是基础，还需要有实质性的展示。详尽、专业、合理的并购方案，包括收购模式、股权安置、五年内的中长期发展规划等，都要做得合乎实际和切实可行，才能一步步打动对方。"

刚开始的时候，陆平机器厂的代表们还端着架子，优越感满满，自以为是国营大企业，天之骄子；而华翔作为一个民营企业，个体户，先天不足，压根儿不在同一起跑线上。尤其是铁岭当时的一些政府官员和陆平机器厂内部的一些工人，更是顽固地持有这种观点。

有人怀疑，有人观望，有人叹气，有人摇头，有人嗤之以鼻，更有人愤愤不平。

"凭什么，要卖给一个个体户，我们以后怎么办？"

"他能驾驭得了这个企业？"

"资本家、商人，基本上都是见利忘义、狡猾的吸血鬼，卖给他，谁来保障我们？我们有的受了。"

这是当时陆平机器厂出现得最多的几种声音。

其实，他们对民营企业缺乏了解，尤其是对浙江的民营企业，更加缺乏认识。在新世纪初年的浙江，民营企业早已占据了半壁江山，如鲁冠球创办的万向集团，宗庆后创办的娃哈哈集团，都已声名鹊起，闻名全国。而正在崛起的民营企业更不在少数，像吉利集团、阿里巴巴等，它们正迅速壮大，逐步走到舞台的中心。

正因为不了解，才会产生误解，这很正常。所以，当时的周辞美对此一点也不着急。

"了解了，误解也就消除了，光靠嘴皮子不行，嘴皮子磨得再流利，终究还是嘴皮子。宛如口号喊得再响，终究还是口号。办企业，做事情，还得以事实说话。"他缓缓地说。

事实就是赢利。

办企业的最终目的就是赢利，其余的，就算能把天说破，能把死人说活，也都是一个零。

华翔集团的发展数据就是铁证，从不足3000元起步，到1999年的销售额5个亿，像插上了腾飞的翅膀。

事实和数据就摆在面前，两个回合的交锋下来，陆平机器厂的代表们一个个都低下了头，不语。

第二个令他们折服的是集团掌舵人——周辞美的气度和办事效率。一个典型的儒商形象，沉着稳重，敏锐坚毅，有一下子直抵问题核心的能力，以及言必信、行必果，一诺千金的诚信理念和雷厉风行的作风，颇有运筹帷幄之中，决胜于千里之外的将帅风范。

为此，笔者曾请教过当年在陆平机器厂，后来也一直没有离开的尹成文副总经理。我说："尹总，当初你们是怎么看待周辞美董事长的？"

他坦率地告诉我：

"第一，他的普通话我们听不太懂。第二，这个人深不可测，直觉是一个可以信任、有大本事的人。"

第一个误会消除了，但陆平机器厂的谈判组还是有许多顾虑和担忧，包括当时主管工业的铁岭市赵副市长。他们最大的担心，就是兼并以后下岗职工的人数和比例。在此之前，铁岭市政府已经三令五申，郑重地划出了一条底线：允许800个工人下岗，最多1000个。

与其事后扯皮，不如当面说透，况且，这可是影响到职工的生存以及社会稳定的大问题。

他们忐忑不安地向周辞美提出了这个问题，并且不止一次。

"不，一个都不用下岗。"周辞美用力挥了一下手，坚定地说，"你们最高产值8000万，500人就足够。但是，我看了你们的生产能力、你们的产品结构以及市场份额，我想翻几番不是问题。到那时，根本不需要一个工人下岗。"

代表们几乎不相信自己的耳朵，怀疑是听错了。在此之前，他们所谈的每一家企业，都打算在职工身上开刀。只有这个来自浙江的民营企业家，说出这样令人意想不到的振聋发聩的话。

他们相互对望了一眼，长长地舒了口气，随后，又一齐将目光盯向周辞美。

赵副市长心中悬着的一块石头落了地，只是他终究还是有些狐疑，便继续追问道："请问周董，您打算怎么做到这一点呢？"

周辞美微微笑了一下，从容而自信。"事在人为，只要我们坚持按市场规律办事，按照我们民营企业的经营理念，我不相信会做不到。"随后，周辞美的语气转向了沉重，继续说，"企业转制中重要的一点，是让干部和工人都能富起来，让工人下岗，不就失去转制的意义了吗？至于工作量不够，要解决的办法很多。当然，减少工人是一种方式，是节流，但这也是消极的办法，属于下下策。真正积极的办法是开源，扩大市场，扩大源头。我可以明确地告诉你们，陆平改制以后，工人不但可以不下岗，而且我们华翔也不会向陆平派一个人。陆平还是原来的陆平，我所要做的就是如何激发员工的积极性，让陆平真正地融入市场。"

周辞美话音甫落，赵副市长站起身来，激动地对周辞美说："周董讲得太好了，真正讲出了我的心里话，对陆平转制，我们也更有信心。说实话，下岗减员，一直是我心头的一个痛点。"

其实，在华翔集团一方，对于兼并陆平同样存在着一定的顾虑和争议，其中包括周晓峰，他们认为年年亏损的陆平机器厂将是一个巨大的包袱，一个填不满的无底洞。到时，不赚钱不说，甚至有可能将自己都拖进去。

有一次，周晓峰找到父亲。他说："爸，我们谈一谈。"

"谈什么？"周辞美放下手中的活，用眼角的余光扫了一眼自己的儿子，明知故问。

"谈陆平机器厂。"

"好啊，你说，我听着。"

"我还是反对，爸。你看，这么样的一个破厂，没有一件像样的设备，2000个工人，一年最多4000万业务，还一个都不下岗，这都是问题，兼并以后，我们需要多少投入？利润点又在哪里？"

"你说得对，儿子，这些确实都是问题。"

"更要命的是人心，他们对我们还不信任。你知道，想要扭转这个，有多难！"说完之后，周晓峰咂了咂嘴。

"儿啊，你所说的爸都清楚，也全都盘算过。但是，你关注过他们的产品吗？他们的可是军工产品，一旦打开局面，以上所有的问题就全都不是问题。"周辞美心平气和地开导道，"所以关键不在于此，关键在于如何打开销售的局面，把产品销出去。"

这就是周辞美的独具慧眼，他始终看中陆平机器厂是军工企业。基础好，产品直供军方，中间环节少，在市场细分中，产品有特色，新产品开发有潜力。

他坚定不移地相信：中国的军车行业一定具有巨大的市场和发展势头。

就这样，他才力排众议。

谈判进展顺利，一个个问题迎刃而解，大家都坦诚相见，兴高采烈，只待协议签字的那一天早日到来。

那一天终于来了。2000年4月28日下午4点58分，地点在铁岭的龙山宾馆。作为陆平方代表，铁岭市的市委、市政府、人大、政协四套班子的主要领导全到了，而华翔一方只有周辞美、夫人赖彩绒、小儿子周晓峰、郑国四人出席。

大红色的协议书，签字笔等都已摆放到了座位上，时钟"嘀嗒嘀嗒"地走着，离4点58分越来越近。

突然，坐在周辞美旁边的周晓峰拉了拉父亲的衣袖，侧过身来，悄悄地对他父亲说："爸，我还是觉得有些不踏实，要不，我们再从长计议，

2000年华翔兼并国营陆平机器厂,改组设立辽宁陆平机器股份有限公司

考虑得更慎重些?"

周辞美侧过脸,严肃地瞅着自己的儿子。接着,他一字一顿地告诉他:"晓峰,你要明白,现在,就算是有一把枪抵着我的脑袋,我也要签下自己的名字。"

说完之后,他打开协议书,飞快而刚劲有力地在自己一方签下了"周辞美"三个大字。

兼并以后,陆平机器厂改名为辽宁陆平机器股份有限公司,华翔集团出资2000万元,占有80%股份,政府和职工各占10%。华翔承诺:不让一个原厂职工下岗,华翔不派一个人,将所有权力交给陆平的原班领导。只是制度改变了,大锅饭被打破,对所有职工的工作实行量化考核,在确保职工有工作干的基础上,对职工的工资和奖金实行上不封顶,下不保底。

2000年4月28日下午4点58分，铁岭的龙山宾馆，当周辞美在双方的兼并协议书上用力写下自己的名字时，他没有想到，他开了中国民营企业发展史上民营企业兼并国营企业的先河，也打开了华翔集团未来的发展与辉煌之门。

后来的事实证明，周辞美还创造了中国改革开放后民营企业经营理念的一个教科书式的经典。

当周辞美签下自己的名字，站起来与对方的代表握手时，他春风满面，显得自豪而自信。坐在一边的陆平机器厂滕厂长亲眼目睹了签约的全过程，一年来，压在心头的那座山今天终于搬走了，自己再也不用为它的前程烦心。

他觉得这是最开心的一天。

他长长地舒了口气，又举手捋了捋前额花白的头发，内心里感到有一条河流在欢快地奔腾、流淌。

第二天，送走了周辞美后，滕厂长去了一趟办公室。今天是休息日，工厂没有上班，但滕厂长已经习惯了，这么多年来，不管刮风下雨，只要不是开会与出差，他几乎每天都会来自己的办公室。有时，就坐一坐。

他爱这个工厂，同时，也恨这个工厂。

他爱它，是因为在他心里，这个工厂与他最美好的青春捆在一起，与他的理想捆在一起，已经构成了他生命的一部分、情感的一部分。他为它笑，为它哭，为它自豪，又为它沮丧。他曾发誓愿意守护它一辈子，亲眼看着它与自己一起慢慢变老。

就像爱情。

但他又恨它，是因为自己付出了全部的时间和精力，连头发都熬白了，这座厂却一点起色都没有，得不到丝毫回报。最后，还落得一个卖厂易主的命运。

还是像爱情。

厂区内静悄悄的，甚至能听到花开花落的声音。滕厂长背着手，低着头，在偌大的厂区内一个人漫无目的地踱着。

一车间的门开着，他走了进去，他看到一排排的机器，有一个年近40的工人，手里举着一块布，上上下下，前后左右，正不厌其烦地一遍遍擦拭着车床。

他知道，那个人一定是余一山。

果然是余一山。见到有人进来，余一山停下手中的活，一看是厂长，竟感到有些难为情，便怯怯地喊了声："滕厂长。"

滕厂长走到他旁边，轻轻拍了拍他的肩膀。

"回去吧，今天休息。"

余一山重新抬起头，似鼓足了极大的勇气："厂长，听说我们的厂卖了?"

"卖了。"滕厂长点点头，故作轻松地回答道。

"卖给了那个姓周的?"

滕厂长点点头。

"厂长，我爸爸是从这儿退休的，我18岁就进厂了，我的媳妇也是，这厂养活过我们两代人。对这厂，我们有感情。"

"我也对它有感情。"

"可现在……"余一山哽咽着说，但没有把话说下去。一滴硕大的泪珠滚出了他的眼眶，接着又是一滴。

他抬起衣袖，擦了擦自己的眼眶。

"滕厂长，我知道你是个好厂长，为了这个厂，你费尽了心力。但你知道工人们怎么说的吗？"

"我知道，签订协议之前我都听说了，有好多人还来找过我，劝说我别把厂卖掉。但我心有余而力不足。"

滕厂长一边说，一边缓慢地扫视着车间，目光最后落在一扇打破的窗户上。

灰暗的窗户上结了一张蛛网，有风从破洞里吹进来，吹得蛛网鼓鼓的，急速地抖动着，像一张张开的帆。

接着，他发现破碎的窗户不止一扇，而是到处都是。

他轻轻叹了口气。

"想开些。"滕厂长垂下眼帘，再一次拍了拍对方的肩，"输就是输，亏就是亏，不要流泪，办企业从来就不相信眼泪。也许，这是唯一正确的一步。从今以后，你们就跟着他好好干吧，他是一个有本事的人。"他悠悠地说，似在自言自语。

说完这话，滕厂长仰起脑袋，朝着空荡荡的屋顶，长长地吐了口气。

一场轰轰烈烈的改革，在遥远的辽北大地拉开了序幕。

第五章
54·19事件

许多时候，金钱也是生产力，它甚至能购买时间。

——周辞美

陆平机器厂的厂史上，应该铭记2000年4月28日这个日子。那一天，春暖花香，陆平机器厂迎来新的掌舵人，一个曾经被陆平许多人称为个体户的浙江民营企业家——周辞美。

在国有体制、军事化管理下的陆平机器厂这艘破旧的巨轮最终没有破冰前行，那么，在"个体户"周辞美的掌舵下，能否驶离礁区？又会驶向何方？

人们观望着、期待着，也憧憬着……

周辞美掷地有声的承诺还像水银一样在地上滚动，他说到做到，华翔集团没有派遣一个人，也没有使原企业一个工人下岗，但改革却在悄然进行。滕盘成担任董事长，依然负责全面工作。由总经理朱总明组建的领导班子，全面改革企业的规章制度，完善细则，其中最重要的是制定业务提成与职工奖励制度。主管市场的副总关莉是一名新的班子成员，她废寝忘食，全面布局，组成力量强大的新的销售部。总工程师靳少华、总工艺师尹成文、财务副总王娟都奔向各省，一场开拓军车市场的战役正式打响。

这个由周辞美所独创的模式在以后的兼并中被屡次复制、完善，逐渐形成了华翔集团兼并的标准模式。为此，我们也赋予它一个名词——"华翔模式"。

"华翔模式"立竿见影，奇迹当年就出现了。陆平机器厂建厂以来最高的年销售额是8000万，在转制后的第一年2000年，尽管只有短短的八个月时间，销售额就比历史高峰翻了一番，达到1.68亿。

剧情反转得如此迅速，甚至连周辞美自己都始料不及。

"怎么会这么好！"他搓着手，"呵呵"笑着，连声感叹。

很快，陆平机器厂的工人们又发现了一个事实，原来周辞美并不像他们当初认为的那么抠，那么唯利是图。

不但不抠，还大气得很。

按照当初签订的协议，有好几位干部的奖金超过了50万，其中包括滕盘成。

"周董，这奖金会不会有点多？"财务把最后的结算单子提交给周辞美签字时，她嗓音颤抖着，悄悄地提醒道。

"核对了吗？"

"对照当初的协议，我都核对好几遍了。"

"那就好，就按照协议操作，不能克扣他们一分钱。"周辞美一边说，一边利索地在单子上签上自己的名字。面对着那些数字，他连眼皮都没有跳一下。

他觉得这是他们应该得到的。

当周辞美把装着支票的信封送到滕盘成面前时，滕盘成的手抖动得很厉害，神情一会儿激动，一会儿惊疑，一会儿又流露出担忧和害怕。最后，他长长地呼了一口气，把那只信封原封不动地推还给周辞美。

"周董，这个我不敢拿，太多了。"

"为什么不敢？这是你应得的。"

"我害怕。"

"有什么好怕的，个人所得税我都帮你交了，这钱是合理合法的。"周辞美宽慰道。

滕盘成双手握拳，一忽儿放开，一忽儿又握紧。他感到两只手掌湿湿的，手心里全是汗。

激烈斗争了一阵后——"我还是不敢。"他几乎是哽咽着说。

为了让滕盘成彻底消除顾虑，周辞美想了个办法。第二天，他特地把铁岭市委书记请到陆平机器厂，当着书记的面发放奖金。

滕盘成这才放心地收下。

职工的年度奖金就直接用现金发放，在全体干部职工大会之后。财务人员提上来满满几大袋现金，一扎扎码在桌子上，堆得就跟小山一样。另一名工作人员从包内抽出一摞纸，纸上写满了名字，点到名字的人上台领奖。5000，8000，1万，当场分发，公开、公平。

历史上的陆平机器厂还从没经历过这样的场面，每个人的脸上都笑得像花一样。

余一山最多，在第一档，2.8万元，相当于他以前八年工资的总和，这是他做梦都没想到过的。当他从周辞美手中接过厚厚一沓人民币时，想起了自己以前对他的种种不信任，羞愧得差一点流下泪来。于是，他把钱抱在胸前，向着这个曾经被他称为"个体户"的老板深深地弯下腰去。

在这样的激励机制下，陆平机器厂就像是一台上足了润滑油的机器，高速运转着。

时任西周镇镇长的陈小浦，曾经在一个年底随周辞美去过一趟陆平。如今，二十多年过去了，陈小浦的脑海里依然清晰地记得当时许多匪夷所思的场景。

在陆平机器厂，周辞美绝对是个明星。那受欢迎的程度，就像现在的年轻人追星，周辞美走到哪儿，哪儿就有无数崇拜的目光跟在他的背后。

有一次召开职工大会，周辞美总结发言，普通话带着浓烈的西周腔调，他说得慷慨激昂。

潮水般的掌声经久不息。

陈小浦坐在最后一排，越听越感觉到奇怪，难道台下的人都能听懂他在说什么？

于是，他就问前排的一个年轻人。对方连连摇头，但紧接着他告诉陈小浦："虽然一句也听不懂，但我们可以看老板的脸色，看得出，老板今天很开心。"

看这马屁拍的。陈小浦恍然大悟。

职工的精神状态就更不用说了，一个个昂首挺胸，脸上放着光，眼睛放着光，连走路都"噔噔噔"的，特别响亮有力。

"你说，这样的精神面貌，他们的工作积极性会不高吗？不高才怪！"

陈小浦连珠炮一样，目光亮晶晶的，一闪一闪。

结果，周辞美去陆平倒无事可干了，要么到各车间转转，感受工人们的干劲；或者听一下汇报，过问一下生产和销售情况，强调一下注意事项；要么去洗洗桑拿，或者去"刘老根大舞台"听听"二人转"。

然后，挥手告别，回象山。

"老板，您回去吧，有我们在，您就放心吧。"这是周辞美在陆平听得最多的一句话。

周辞美也确实放心，他没有什么不放心的。

他的心很大，也很信任人。

　　短短的一两年，陆平机器厂就发生了翻天覆地的变化，厂里工人的工作服从短裤到鞋子，从衬衫到外套，都由厂里统一发放，6月里赤膊上阵的现象已经绝迹。厂区里昔日门庭冷落，如今门庭若市，成了铁岭市最香的饽饽。工人上街，只要说在陆平机器厂工作，就会引来羡慕的目光，在那上班的小伙子也受姑娘们欢迎。兼并之前的流言蜚语，早就随风飘逝，无影无踪。曾经怀疑的人，现在不怀疑了；曾经忧心忡忡的人，现在信心满满，像高高扬起的风帆。曾经认定周辞美是奸商的人，如今闭上了嘴巴，绝口不提。他们对现在的老板，逐渐由原来的反感排斥，到现在佩服得五体投地。

　　再也没有人把这个来自大海边的民营企业家称作"个体户"了，反之，他们几乎把周辞美当作了救星。他们的目光追随着周辞美，一边暗暗发问："这个人怎么会有那么大的能量？"

　　其实，周辞美并不是什么救星，他自己心里清楚得很，他只不过是用市场经济的手段在迎合市场。

　　2001年，陆平机器厂销售额又几乎翻了一番，达到2.82亿，2002年4.2亿，2003年5亿，2004年6.5亿，……到2008年，达到12亿元。人员工资、福利待遇年年攀升。工人月平均工资从1999年的300余元，到2008年增加到4000多元。国家税收从1999年的不足10万元，到2004年增加到5400万元……

　　每年翻一番，这是怎样的增长速度？

　　为什么反差会那么巨大？

　　周辞美又是如何做到的？

他究竟拥有何种魔法？

陆平惊讶了，铁岭惊讶了，整个辽宁惊讶了。

辽宁省领导多次赴企业参观，并给予表彰，高度评价，说这是国营企业改制的典范。《辽宁日报》、辽宁电视台也多次报道。为此，在2004年，周辞美还被评为辽宁省劳动模范。

曾经有一个经济学家在参观华翔集团，听完周辞美的介绍后，这样说道："假如将来有一天，中国的大学里开设一门民营企业课程，那么，我相信，华翔集团兼并陆平的事例绝对有资格作为范例。"

确实，这过程中有许多东西值得学者们去深层次探索与分析，包括在接下去的2008年，如日中天的陆平机器厂被政府收回，周辞美仅保留了很少的股份。

也是在新纪元的第一年，华翔集团的年销售额突破了10亿大关，并被列为世界汽车配件制造业500强，在入选的中国企业中排第一名，也获评2001年度中国最具竞争力的大企业集团。

从1个亿到10个亿，周辞美仅仅走了十年。

一个新的里程碑诞生了！

周辞美几乎创造了一个神话。

从2000年兼并到2008年收回，陆平机器厂辉煌了八年，新增投资近亿元，新建厂房4万多平方米，办公大楼、厂房、设备、职工食堂、厕所都进行了全面的改造；引进了世界一流的数控激光切割机等大量先进设备和先进技术，成为全国著名的现代化特种车辆生产基地；形成了军品、民品并举的格局，成为国内最大的方舱生产企业。

周辞美第一次考察时所见到的工人赤膊上班、车间里做饭做菜、厕所无处落脚等诸多现象，都成了一去不复返的遥远记忆。

在发挥社会职能方面，实力逐渐强大起来的陆平机器厂也挺起了肩头。

在2003年的春天，一场突如其来的"非典"考验着整个中国。

4月25日，陆平机器厂接到北京的订单。非常时期，由总后勤部组建的小汤山医院，要求陆平机器厂以最快的速度组装一批用于防治"非典"的救护车。

任务就是命令。

但这时候，公司备用的各种医疗设备，特别是防治"非典"所需的特殊医疗设备，如呼吸机、担架等严重不足或者没有，需要紧急到北京、上海等地采购。

谁也没有退缩，谁也没有推诿，公司领导以最快的速度带队采购，并亲自在上海一家生产担架的工厂督战。

公司员工也是以最紧张的状态日夜不停地坚守在生产一线。

研究所为做好设计把关工作，每天工作到深夜。技术人员每次从北京回来就被隔离，经常是隔离期刚满就又出征了。结果，在"非典"肆虐的几个月里，参与设计的技术人员根本没有回过家。

凭借着这种精神，陆平机器厂在短短一个多月时间里，先后分三批生产了70台"非典"专用救护车。

2004年4月26日，北京，国际军事后勤装备技术展览会。

这是一次有来自美国、英国、法国、俄罗斯、澳大利亚等25个国家和地区170多家军工厂和国内140多家军工企业参展的大型国际军事装备展销盛会。

由各种大型野战机动后勤装备呈弧形布置的展区，规模庞大，气势恢宏。在这个展区的28种装备中，陆平机器厂占据了六席。

短短数年，陆平机器厂被确定为研制生产各类大型大板方舱、特种车辆的定点生产企业，辽宁省85家重点工业企业之一和省高新技术企业。

脱胎换骨后的陆平机器厂，每一年都在创造奇迹，书写辉煌。

不得不说，陆平机器厂的兼并成功，在东北这片老工业基地上，不亚于投入了一颗炸弹，巨大的爆炸声震撼着整个辽北大地，并像风一样吹向四面八方，很快形成了蝴蝶效应。北方曲轴、长春消声器厂、公主岭汽车内饰件厂等这些在东北大地底蕴深厚、颇有影响的老牌企业纷纷抛出橄榄枝，表示愿意接受华翔集团这个浙江民营企业的收购与兼并。

"华翔模式"在东北大地上屡试不爽，已成为在收购或兼并过程中的典范和法宝。对于被兼并的企业，集团公司始终坚持原有的管理模式，只派一个人，甚至不派人，保持原有的班子队伍。周辞美唯一要做的一件事，就是修正企业的管理模式，使责、权、利明确，薪酬与业绩挂钩，充分调动每一个员工的积极性，尤其是市场销售人员的积极性。

比如说，连续几年产值突破10亿大关的长春消声器厂，在被华翔电子收购时，华翔就只派了杨军作为总经理。杨军，个子瘦小，脑瓜子灵活，这从他敏锐的眼神中就能感知一二。以前，杨军曾在集团公司担任销售员，后来追随周晓峰到了上海，南征北战，成为周晓峰麾下一名得力的干将。十多年过去了，他依然担任着长消厂的总经理，负责的区域却在不断扩大。现在的他，早就磨砺成了一位典型的职业经理人，除了长春，杨军还是沈阳和天津片区华翔生产企业的总负责人。

对于华翔的这种兼并模式，周辞美早已熟稔于心。他说："人员架构肯定不能动，动得太多，就会发生恐慌，就会乱，稳定人心是非常关键的一步。毕竟财富是靠大家创造的，你又没有三头六臂，你又不是全才，即使是，也没用。至于兼并以后怎么办，我想就按照市场规律操作。"

其次是对市场的关注。周辞美重视市场，倚重市场，几乎到了无以复加的地步，这贯穿了他的整个人生。

"对于任何一个企业来说，市场就是压舱石，就是牛鼻子。办企业，就是开辟市场。"

他知道，企业的生命就建立在市场上。如果没有市场，哪怕厂房建得再漂亮，设备再先进，规划得再动人、再远大，也无非是空中楼阁、表面文章，说得直白些，就是一个大大的零。

这也是周辞美对他企业文化"实干创业，荣辱与共"的注解。

2012年春季的一天，我有幸陪同周辞美去了一趟陆平，同去的有华翔集团副总郑才玉和现在华翔职工培训中心的陆敏。

当时，我与陆敏的身份都是电视台的记者。

我们先到沈阳，然后到了本溪，参观了位于本溪的北方曲轴工厂。那是一家专业生产汽车曲轴的生产厂家，2004年2月2日，华翔集团出资4800万元，随后又注入1000万元流动资金，与本溪县北方投资公司共同出资组建的辽宁北方曲轴有限责任公司。与当年收购陆平的操作模式如出一辙，华翔集团只派了一个名叫郑枫的财会人员进驻本溪，直至今天，郑枫依然还在本溪坚守，连头发都谢了。

就在组建后的第二年4月15日，时任辽宁省委书记的李克强，在本溪市委书记等人员陪同下，参观考察了该厂。

到本溪参观后的第二天，我们就去了传说中的陆平，接着又去了吉林通化，那儿有华翔集团的一个棚户区改造项目正在如火如荼地进行。最后两天去了长春。在长春，华翔集团总共有五家企业，其中一家正在建设。已投产的四家分别是：专业生产汽车排气管的长春华翔轿车消声器有限责任公司；公主岭华翔汽车内饰件有限责任公司；公主岭安通林华翔汽车内饰件有限公司；另一家则是与全球汽配巨头弗吉亚合作，专业生产汽车保险杠的华翔弗吉亚汽车零部件有限责任公司。它们基本上都是为一汽大众提供各种汽车配件。华翔是一汽大众的一级供应商。

我们惊奇地看到，在长春的华翔企业基本上已具备了现代化的特色。轿车消声器公司有各种型号的大型压机，机器人操作打孔或焊接。制造汽车保险杠的弗吉亚，从原材料进去，到成型，到喷漆，再到完整的产品，整个流程全是流水线作业，一气呵成。

技改，也是企业保持旺盛生命力的重要一环。

那一天，我们到达陆平的时间是上午9点多，陆平机器厂的副总尹成文和丁艳红早早就等在了高速公路出口，其时，陆平机器厂原班领导中多人已经离开。滕盘成退休，朱总明跳槽，关莉去了北京，后来又随女儿去了美国。

人生有时候就是一场场临时组织起来的筵席，分分合合，合合分分，自不必多说。

虽然周辞美在陆平机器厂还有一点股份，但他清楚，他的陆平时代结束了。

在这件事上，很多人不理解，认为周辞美损失太大。对此，周辞美只是一笑置之，接着埋头做自己的事。在这件事上，他看得明白，也想得透彻：抱怨并不能改变结果，人生有太多的事在等着他，没必要囿于眼前的一事一物。相反，在接下来的几年里，他几乎每年都会去一趟陆平，自己去，或带朋友去。每次去，他都会兴高采烈地与老朋友见见面，在熟悉的厂区和车间走上一圈。

陆平给他留下太多深刻的回忆，也成就了他传奇生涯中最为可圈可点的美好记忆。

他还为陆平创作过许多诗作，借以纪念他的峥嵘岁月，其中有一首是这样写的：

重游陆平有感

当年出关购陆平，风云飘摇呐喊声。

国企改革善创新，民营开发新产品。

连年产值翻几倍，新车展览上北京。

旧地五年又重游，方知聚散皆缘分。

陆平机器厂的大门，仍旧保持着当年的模样，依然气派。一方书写着厂名：陆平机器股份有限公司。大门内是一座花坛，花坛的中心位置悄然耸立着一柱巨石，上书"实干兴业，荣辱与共"八个大字，正是华翔集团的企业理念，落款"周辞美"。由此可见，至少在表面，后来者并没有对陆平机器厂做出过太多的变动。

办公大楼、生产车间，一应俱全，那都是周辞美批准建造的。只在厂区的几处角落里，依稀残存着华翔兼并以前的几幢60年代建筑，低矮而破旧，在和煦的春风里，无声地注视着眼前的变迁。

我们用脚步丈量着陆平机器厂，努力感受着它的变化。在其中一个生产车间，耸立着一座巨大的设备——数控激光切割机。经过这台机器旁时，周辞美与尹副总都不约而同地停下了脚步，尹副总回过头，微笑着询问周辞美："周董，您还记得这台设备吗?"

"怎么不记得，数控激光切割机，650万。当时，我正准备上飞机回宁波，你们匆匆跑过来，请示我购买这台设备。我问你们确实需要吗，你们说确实需要，而且很急。于是我就签字批准，前后好像不到五分钟的时间。"周辞美记忆犹新地回忆道。

"是啊，董事长记得一点没错。每次看到这台设备，我都会想起这件事。想当初，收购之前，我们想增加一条50万的生产线，报上去了，结果等了三年，批文就是下不来。等到下来了，早就过时了。而这一台650万的机器，却在五分钟内尘埃落定。"

也许，尹副总心里明白，只是没有说出来。其实，这就是国有企业与民营企业之间最为显著的差异。

所以，朱总明说："华翔入主陆平，不仅体制、机制活了，还带来了全新的企业管理理念和模式。"

所以，周辞美说："民营企业最大的特点就是灵活机动，转身快，这也是华翔带给陆平最大的财富。"

总结周辞美的做事风格，我们不难发现，他是一个擅于把握大方向的人；一个擅于解放思想，以实际成效为指标，不按常理出牌的人。他的每一个决定，或者每一次出手，从不拘泥于以往的经验或说教，而是从事实出发去判断，抓住事物的主要矛盾，着力解决，从不左顾右盼，患得患失。在许多人认为没有路的地方，开辟出一条路来。

古人曾说："不谋万世者，不足谋一时。不谋全局者，不足谋一域。"一位优秀的企业家，就应该像一位攻城略地、百战不殆的将军，富有全局的统筹意识，尤其应具备临危不乱和当机立断的危机处理能力。

下面这个例子，或许更能说明周辞美办企业的才能。这就是54·19事件。

这里的54，指的是54辆军车，19是指19天的时间。

也许是上苍故意想考验一下周辞美的危机处理能力。兼并陆平机器厂不久，有一天，周辞美接到了一个电话，打电话的人是滕盘成，他向周辞美汇报了一件事，大致意思是军需部的54台车辆订单业务只剩下了最后的19天，由于时间实在太紧，无论如何也完成不了。

由于焦急，对方在电话里语速有点快。

听了半天，周辞美才听明白对方在说什么。他的头也"嗡"的一下大了起来。他知道，军队的事情非同儿戏，一天都不能耽搁，必须保证。俗话说，人无信，则不立。民营企业尤其应注重诚信，它是民营企业的立根之本。就像一个人的脊柱，脊柱断了，人就站不起来；诚信倒了，民营企业的一切也将荡然无依。别看它现在只有54辆军车，但它背后所延伸出的意义，却非同小可。

然而，此时此刻，周辞美更清楚，冲动与问责解决不了问题，重要的是镇静下来，看看问题出在哪里，抽丝剥茧，找出症结所在，然后再去寻找对症的良药。

他吐了口气，又喝了口水，缓和了一下情绪，然后对看不见的对方安慰道："慢慢说，是什么原因无法完成？是设备的原因吗？如果是，那就立即购置设备。"

"购置设备至少需要6天，那就只剩13天了。"

"是人手不够？如果是，立即招人。"

"也不是。"

"加班加点地干呢？"

对方沉默了，似在叹息。

那究竟是什么原因？周辞美也无计可施了，他把眉头拧成了一个"川"字，一只手托着脸颊，似在思索破解良策。一会儿之后，他放下手，重新对电话里的滕盘成说：

"别急，我今天就来一趟陆平，我们一起解决。"

放下电话后的周辞美立即赶赴宁波，买好了当天去沈阳的机票。但在候机的过程中，原本晴朗的天空竟突然变了脸，一下子暗了下来，像是被拉上了一道厚重的布幔。

白昼变成了黑夜。风"呜呜"地叫着，越刮越大。

一道道锯齿状明亮的闪电扯破厚幔，紧随其后的，是一阵"轰隆隆"的滚雷，响亮地砸下来。

飞沙走石，电闪雷鸣。

天地之间一片混沌，仿佛到了世界的末日。

俄顷，大雨如注，一阵紧似一阵。

天空就像是被掏了一个大洞。

这样的雷暴天气，飞机起飞是不可能了。

终于，候机大厅的广播里飘荡起甜美而又刻板的声音："由于天气的原因，我们抱歉地通知您，飞往沈阳的×××次航班，已经被延迟。何时起飞，请等广播通知。"

望着落地窗户上一滴滴急速游走的雨水，周辞美的内心里不由升起一阵无助的感觉。

在机场宾馆，他度过了备受煎熬的一晚，这在他以前及以后的出行途中从来都没有碰到过。

凌晨时分，周辞美才迷迷糊糊地合上眼。一觉醒来，拉开窗帘，天空竟一片澄明。

雨早就停了。

但19天的时间却少了一天。

在前来迎接的车子上，周辞美见到了同样睡眠不足的滕盘成，布满血丝的双眼，说明他这段日子睡得并不安稳。简单的寒暄过后，两人就切入了正题。但说来说去，在滕盘成看来，18天时间，要完成54台军车，绝无可能。

"所有的方法都想过了，难哪！"他把头摇得像拨浪鼓似的。

"叫人代加工想过吗？"一阵沉默过后，周辞美忽然想到了一个点子。

"试过了，行不通。"对方沮丧地说。

"是什么问题？不愿加工还是不会加工？"

"不愿加工，时间紧，加工费便宜。"

"这就有门了。"周辞美兴奋地一拍大腿，一个破解的方案在他的脑海里迅速形成。"10元不行，我们给他15元，15元不行，给他20，20不行给他30，30不行给40，直到他愿意加工。"

"这样行吗？这样不就亏大了吗？"滕盘成吃惊地盯着自己的老板。

"怎么不行？你想想，我们现在的主要矛盾是什么？"

"是时间。"

"对，是时间不够。时间就是这个问题的关键因素，如果违约，那后果是什么，你我都清楚。那么，现在我们所要做的就是如何破解时间这个第一要素。这只有两条路可走，要么让时间延长。但时间又不是钢筋，钢筋可以拉长，时间怎么拉？除非甲方同意。这条路肯定行不通了。那么，我们只有走第二条路，在规定时间内完成任务。怎样完成呢？找人加工，就是用金钱延长时间。"周辞美耐心地解释道。

"我懂了。"滕盘成如释重负。

他长长地舒了一口气。

"你学历比我高，名牌大学毕业，普通话说得比我溜，人看上去也比我潇洒，怎么在解决这问题上竟不如我呢？"破解的药方找到了，周辞美又恢复了往常的诙谐幽默，他还不忘抓住机会调侃对方。

"周董，都什么时候了，你还取笑我。"滕盘成抓了抓头皮，"嘿嘿"一笑，不自觉地红了脸。

"现在，你算算找人加工需要多少钱？"周辞美收起笑容，一本正经地说。

滕盘成扳着指头算了一遍，再算了一遍。随后，他告诉周辞美："大概需要六七十万。"

"好，我给你100万，解决这个问题。"

汽车在一马平川的东北大地上奔驰，阳光普照，白皑皑的大地上反射着晶亮的雪光。他把目光移向车外，望着眼前急速掠过的山峦、田野、村庄……

这时，耳畔又传来了滕盘成的话，他说："董事长，您在这儿已经没事了，要么玩几天，要么您就回去，等我的好消息。"

刚才，他在车上又把这个方案盘算了一遍。现在，他觉得更有把握了。

十七天以后，正在以色列考察的周辞美收到了滕盘成发来的好消息，只有简短的十二个字：

"提前一天交货，全部合格。佩服！"

可以想象，在汇报这个喜讯的时候，这个高学历的男人一定在看不见的另一端竖起了大拇指。

没有惊心动魄的场面，也缺乏曲折离奇的情节，就这样，"54·19"事件得以圆满解决。危机解除了，只是这解除的过程实在有些简单，简单到了只有几句对话、一个点子。

然而，正是由于简单，却在不经意间成为华翔发展史上的一个经典，成为中国民营企业机制灵活性的最具说服力的一个案例。

民营企业需要一支像狼一样嗷嗷叫的队伍，企业家不但需要有打破成规的勇气，更需要有探索和创新的思想与经验。

对此，周辞美也曾有过经典的阐述。他说："要想有所作为，就要走自己的路，这就是创新。我们要去啃硬骨头，啃了，才知道啃得动啃不动。因为我们是民营企业，是草根经济，民营企业的最大特点就是它的灵活性。我们自己用我们的根去蔓延，用我们的枝去生长，自力更生，没有什么依靠，但是有强大的生命力。这叫野火烧不尽，春风吹又生。"

周辞美一直努力挖掘民营企业的优势，将其发挥应用到极致，收获了令人瞩目的成果。前路漫漫，他仍在上下求索。

我还在想，假设周辞美的普通话能够更好一点，那么，那天他甚至不用亲自去陆平，只须坐在华翔山庄内，端着一杯茶，在电话里就能轻而易举地破解这个难题。

许多时候，一个企业家的优秀是诸多元素共同造就的——人生阅历、经验、目光、智慧、胸怀、魄力、思维、处事能力及长期积淀成的观念等，每一种都可能决定着一个人能不能想出一个好点子，也同样决定他能走多远，飞得多高。

无疑，周辞美是一个锐意进取的改革者，一个有大智慧、大格局、大境界的民营企业家。所以，他能够白手起家，经过四十年的披荆斩棘，创造出百亿的财富王国。

第六章
长袖善舞与脚踏实地

民营企业的最大特点就是具有自我修复的功能。

——周辞美

市场的节点再一次被周辞美抓住。

2001年12月11日，中国加入世贸组织，即WTO，标志着中国市场从此向世界打开了大门。

早在"入世"之初，就有人预言：开放中国市场有两个产业将遭受毁灭性的打击，一个是汽车工业，一个是农业。

但在滚滚的"入世"洪流面前，这种声音显得很不合时宜，也没多少人听得进去。很快，它就成为杂音，被淹没掉了。

其时，改革开放已经走过了二十多年，中国老百姓普遍享受到了改革开放的红利，腰包鼓了，基本上也摆脱了过去的一穷二白、不敢幻想的时代。面对着花花绿绿、日渐增多的钞票，许多人一时竟不知所措，他们拼命赚钱，又大笔花钱，换房、炒股，尽情地享受着物质生活。伴随着金钱所带来的快感，人性越来越浮躁，欲望也像气球一样被越吹越大。

拉动国家经济的"三驾马车"，并驾齐驱，前景一片光明。

交通更是日新月异，越来越好。

"要致富，先修路"，几乎成了当时的"时代口号"。汽车，作为家庭财富的象征之一，不再是普通人遥不可及的梦想，开始像当年彩电、冰箱一样走入寻常百姓的家庭。在以后的许多年里，汽车工业作为我们国家的民族工业代表、国家支柱产业、消费的晴雨表，一直被大力扶持。汽车销量增长显著，呈现出一派繁荣景象。

正是在这样的大背景下，从事汽车零部件生产、与整车无限接近的周辞美，脑海里产生了一个大胆的设想：造车，而且要造就造中高档、先进的运动型多功能车，即SUV。

有梦想，就可能有实现的一天！

这也是当时中国大多数民营企业家摸索着成长的轨迹。

机会出现了。

2002年的冬天，是个暖冬，就像歌手刀郎在一首歌曲中所唱的，"2002年的第一场雪，比以往时候来得稍晚一些"。北方的冬天并不太冷。经朋友介绍，周辞美前往一个名叫保定的城市，那儿有一家中兴汽车厂。

本来，他的目的是与中兴汽车厂洽谈汽车零配件业务。

保定，位于河北省中部，太行山东麓，是京、津、冀地区中心城市之一，也是中国首个创新驱动发展示范市，具有三千多年的悠久历史，传说中尧帝的故乡。

中兴汽车厂其实有两家，一家旧厂，位于保定，生产一款"田野"牌皮卡，负责人叫肖伟。另一家是新建的"富奇"，坐落在江西抚州，筹划生产SUV。

肖伟年轻，正处于梦想缤纷的年龄段，但缺乏资本。他健谈，头脑活络，具有一般商业人士的精明，甚至狡黠，师出于有着"中国汽车第一人"之称的杨勇门下。周辞美则是改革开放第一代亲历者，一路劈波斩浪，积累了丰富的市场经验。他更健谈，更具商业头脑和敏锐的嗅觉。也是有缘，两人初次接触，就碰撞出了智慧的火花，大有相见恨晚的感觉。当说到中国汽车的未来时，更是所见略同。由于肖伟与周晓峰同岁，在以后的很长一段时间里，周辞美几乎把他当成了自己的儿子。

两个聪明人走到一起，将注定产生共振，弄出响动。谈着谈着，周辞美眼前飞过了一道亮光，心中掩藏的造车梦一下子被激发了出来。

这下子，汽车零部件的事也不谈了，就谈整车制造。

也是巧合，当时，河北中兴刚好有一笔欠款还不上，于是，周辞美就借水行舟。2003年4月，华翔集团斥资5800万元参股河北中兴，7月，又投入1998万元。通过组建新的中兴汽车公司，华翔顺理成章地获得了中兴汽车拥有的三个汽车制造厂和一个产品研发公司，同时拥有江西富奇50%的股份。

一个民营企业家的造车梦就此开始！

为了造车，那段日子的周辞美可谓信心满满，走南闯北，频频出击。

查看《华翔集团大事记》，我们清楚地看到，华翔集团在那两年所做的准备：

2002年11月，华翔集团兼并江西工程塑料厂，成立新余华翔橡塑件有限公司。

2003年3月，兼并、设立江西省分宜驱动桥有限公司。

2003年4月，参股改组河北中兴汽车制造有限公司，华翔进军整车产业。

从以上摘录中，我们不难看出华翔集团的整车制造行动具有以下四个特点：

第一，速度快：两年内频频出手，许多人还没看懂他的节奏，他已迅速踏入整车制造板块。

第二，地域广：江西、河北都与华翔所在的浙江宁波距离较远，可见华翔的造车梦是在一个较大的地域范围内开始的。

第三，力度大：出手形式为兼并、收购、参股，可见其投入之多，力度和决心之大。

逢山开路，遇水搭桥。那几年，周辞美在资本市场跌宕腾挪，已风生水起，得心应手，像是在创作一部宏大的作品，他心中的笔尽情地自由挥洒着。他信心满满，以整车制造为圆心，奔赴一场又一场谈判，购入了一个又一个工厂，马不停蹄中，梦想似乎已经照进现实。

每次兼并后，他风尘仆仆地回到西周，整日里挂着笑，显得和善可亲，言语也愈加睿智、幽默。他精神饱满，仿佛一切都是成竹在胸，做事更是大刀阔斧，充满了激情，宛如天马行空，任我遨游。

有一次，跟着他一起奔波于大江南北的副总郑才玉忍不住问他，说："老板，你这样马不停蹄地兼并，好像是在搭建制造整车的架子呀。"

周辞美笑而不答。

他的目光高深莫测。

郑才玉也是个聪明人，当年，她进入华翔集团时，还是个不谙世事的小姑娘，脖子上戴着一个银项圈。这么多年来，她一直追随着周辞美，早就练成了处变不惊、八面玲珑的职场本领。她了解老板的脾性，熟悉他的行事方式，不到方案成熟，他一般不会轻易示人。等到大家都知道了，也就是周辞美已经考虑成熟，准备付诸行动的时候了。

于是，她没有再问，只是在暗中判断：这次肯定不是一般的兼并，老板在策划一件大事情。

周辞美的这一连串出手，也令许多人感到困惑和不解，连汽车市场上的那些专家都流露出了惊讶的目光。大家纷纷猜测：

这位从浙江大地上冒出来的民营企业家，其目的究竟何在？

周辞美如果不是一位高手，又怎么能做到连续出击，心中笃定？

周辞美心中究竟是有什么样的规划，为何会如此布局？

事实证明，周辞美的确是在下一盘大棋！短短两三年的时间，说干就干的周辞美亲手描绘着自己的"整车梦"。

2003年的春夏之交，江南草长莺飞的一个日子，时任象山县委书记肖培生兴冲冲地上河北中兴汽车厂考察，当他在参观整车制造车间时，被眼前巨大的车间和全自动流水线作业深深震撼了。他是明显激动了，不停地绞着手，手心里全是汗。一会儿，又紧紧地握着周辞美的手，一次又一次对他说：

"老周，我们象山也有这样一家整车制造厂，那该多好啊！"

随后，他又纠正自己：

"不，是应该有，哪怕困难再大，也必须有。"

一边说，一边还不停地啧啧赞叹。

他说得既恳切，又郑重。

周辞美当然读得懂父母官内心的急迫与期待。

"会有的，肖书记，只要时机成熟，一切皆有可能。"他也真诚地回答道。

在重视制造业的宁波，企业家是宝，能够把企业种在家乡这片土地上的企业家更是宝中之宝，更何况是整车制造这样的大企业。

反过来，对于一位企业家来说，只要气候适宜，土壤适宜，又有谁不愿意在家乡的土地上播撒种子，开花结果？

每一位企业家的心中都有一个家乡情结，这是中华民族延续了千百年的根。

与周辞美参股中兴仅仅相隔一个月，肖培生书记考察了河北中兴，又火急火燎地回到象山，没几天，2003年5月，坐落于西周的华翔工业园就开始启动，占地150亩。

可见，当年肖培生书记想要实现这个愿望的念头有多么强烈和迫切！当然，周辞美也是。

一切都在风风火火地进行着。这边厢的土地还没征用完毕，那边厢的周辞美已经订购好了设备，所有的迹象表明，只要这边的厂房竖起来，机器运到，安装完毕，一切就能隆隆地运转起来。

然而，谋事在人，成事在天，一个好的开端并不一定能换来百分百美好的结果。

首先是"牌照"问题，换句话说就是汽车制造的"准生证"，一下子难以获批；其次是肖伟那边迟迟不见行动，似有什么隐藏的意图；再者，土地征用也并不像肖书记想象的那么快捷和容易。

这诸多钉子，每一枚都十分棘手，解决起来需要花费大量的时间、精力与金钱。

为此事，周辞美与肖伟之间也出现了裂痕，他们吵了几次。有一次，还吵得挺凶，周辞美是个火暴性子，一点就着。他狠狠地把肖伟骂了一通，甚至差一点想动手了，如果不是肖伟妈妈及时出现的话。

肖伟的妈妈是一个明事理的人，她诚恳地代替儿子向周辞美道歉。

周辞美本来耳根子就软，听到肖伟妈妈道歉，他的气也就消了大半。

只是与肖伟之间的裂痕已经造成。

时间肯定是医治裂痕的良药，距离也产生美。这么多年来，肖伟一直待在河北中兴，随着年岁渐长，血气方刚的心态也渐渐平和，他越来越体会到当初周辞美对他的种种关爱来。

是时候抚平裂痕了，他想。

于是，在一个临近岁末的夜晚，他主动打电话给周辞美。

再去纠结谁对谁错已毫无意义，就让它随风飘散。一声遥远的问候足以驱散心头的阴霾。

自此之后，每当肖伟有新品种皮卡车出厂时，必定要送一辆给周辞美。

有一年，居然一次送了两辆。

当然，这是后话。

当时，无奈之下，周辞美只得另谋法子。

2004年7月，华翔集团再次做出重大战略调整，减少持有河北中兴的股份，增持江西富奇汽车有限公司的股份，从原先的50%增持至80%。不久，华翔又通过股权置换彻底与中兴分手，全资控股富奇，从而将生产整车的重心转移到了江西富奇。

这种腾笼换鸟的战术起到了立竿见影的效果。

2004年8月8日，全新的华翔富奇6500在北京上市，还召开了新闻发布会。据介绍，华翔富奇6500的生产基地在江西抚州，它是华翔集团成功入主江西富奇后推出的第一款整车，是富奇公司在引进日本丰田陆地巡洋舰全套车身和吸收国际先进技术的基础上研制开发的，具有完全自主知识产权的一款SUV。

富奇6500看上去高大威猛，具有粗犷、野性的外表，派头十足，赚足了汽车爱好者的眼球。定价却只有13.98万元，还不到一辆小型私家车的价格。

新闻发布会上，缤纷的背景板上赫然印着大大的四个字——"梦想华翔"。

这四个字，彻彻底底道出了周辞美心中盘踞多年的梦想——他的整车梦。

由于时间久远，许多人对那次发布会已经淡忘，好在还有照片为证。

其中有一张照片，展台上放着一辆白色的华翔富奇6500，红色地毯上落满了彩纸。父子三人站在汽车的前面，父亲在最前面，两个儿子依次站位。照片上的他们看上去意气风发，都笑得很甜，自然而亲切。

周辞美很喜欢这张照片，每一次翻相册的时候，目光都会在它上面深情地停留几秒钟。据说，这也是他们父子三人同框上镜，拍得最好的照片之一。

今天，在位于鲤龙潭的华翔档案馆里，依然静静地趴着华翔富奇6500的其中一台，白色的车身上落满了灰尘，与那台创业之初落满荣耀的手摇压机趴在一起。

偌大的展厅，窄窄的门，许多不知情的人第一眼看到这辆汽车——华翔发展史上重要节点的见证者之一时，竟不是询问那段历史，而是好奇：
"这么大的车，这么窄的门，是如何搬进来的?"

2004年8月8日，华翔生产的第一款整车华翔富奇6500发布

华翔富奇6500的横空出世，就像是天空中闪现的一颗耀眼的星，一下子吸引了国内车市众多主流媒体的目光，他们纷纷作出报道。

《华翔富奇董事长周辞美做客搜狐汽车》——搜狐汽车

《华翔富奇：周辞美借壳圆梦》——《新华每日电讯·汽车》

《打造中国皮卡王国梦》——《世界经理人文摘》

《浙江民企"造车热"潮退　华翔周辞美执意前行》——《中国机电工业》

《资本游戏的背后是什么》——搜狐汽车频道

《华翔富奇演绎"新人类"故事》——中国质量新闻网

《北内生死悬于一"线"》——《中国汽车报》

《造车是华翔资本运作的新跳板》——《中国汽车报》

《走出配角的华翔》——《青年参考》

······

2004年12月,华翔富奇的第一辆SUV在北京众多广告媒体上亮相

然而,现实却永远追不上理想,富奇6500的销量却不理想。华翔甚至聘请了颇有传奇色彩的张才林作为营销总经理,也难有起色。据资料记载,张才林曾先后担任北京吉普与华泰汽车的销售总经理,在汽车领域,

常有"破格"举动与惊人之语，被媒体称为"车坛"牛人。作为当年中国车坛少有的严格意义上的职业经理人，张才林的许多营销理念与大胆举措常被同行关注。

然而造化弄人，命运就是这样的离奇。

就在华翔入主富奇不久，随着油价的节节攀升，以及国家政策的调整，整个SUV行业急剧滑坡。据统计，仅2004年上半年，经济型SUV的市场份额已明显下滑，从2002年的40%下降为2004年的26%。"全民造车业"冷却了下来，民营企业的造车梦纷纷折戟沉沙。

奥克斯退出了。

波导退出了。

只有李书福还在顽强地继续捣鼓他的"吉利"，没有停下追逐梦想的脚步。

在大环境面前，纵使有"牛人"加盟也无济于事。SUV不仅没能帮助华翔集团在整车梦中腾飞，反而越来越无可奈何地成为一块鸡肋。

时也？命也？

从2005年开始，华翔富奇就处于半停产状态。8月，华翔集团管理层进行改组，周晓峰出任富奇汽车董事长，主要担负起前任销售老总张才林离任后的销售工作。

周晓峰也无法拯救华翔富奇，眼看着形势越来越不理想，他再一次向父亲提议。他说："爸，我们撤吧。"

周辞美紧紧地盯着自己的儿子，盯了很长时间。随后，他伸出手，动作轻柔地掸了掸晓峰西服的衣领。

"那就撤吧，我们回归到老本行来。"

2006 年，华翔与同在江西的另一个汽车制造厂——江铃汽车达成协议，重组华翔富奇。自从 2003 年重组中兴汽车开始涉足整车制造后，一直未见起色的华翔集团开始逐步淡出整车制造行业，重新把重心定位在汽车零部件上。

出师未捷身先死，长使英雄泪满襟。奇迹没有发生，周辞美的整车制造梦想从此夭折！

许多人都错误地认为，周辞美这一跤跌得很惨，非死即伤，至少该摔断几根肋骨。

然而，周辞美并没有因之倒下。在整车制造上，他是彻底放弃了，没有留恋，也没有再坚持。但经过这一跤之后，却以另一种更加扎实的姿态，坚定地站在了大地上。

后来的发展趋势，进一步验证了他的明智和果断。

人到六十的他，早就深深懂得生存的第一要义。活着，是最要紧的。坚持，尽管是一种美德，但并不是所有的坚持都能守得云开日出、雨后彩虹。更多的时候，放弃更是一种智慧，虽然痛苦，却能使自己活下去。

在今天这个社会，活下去很重要。

对此，周辞美曾经有过一段精辟的论述，他把它归结为民营企业最大的特点。他说：

"我失败的次数也是很多的，但总的来说，我的失败，没有失败到整个人都陷进去的地步。因为我们是民营企业，民营企业最大的机制是什么？是自我完善。我们民营企业实际上是没有人来约束你的，假使你自己做得不好，你要灭亡的时候，可能也没有人来拉你，没有人来挽救你。所以，民营企业要走自己的路，必须自己解剖自己，自己完善自己。华翔集团很多次面临危机，面临悬崖峭壁，但是我们走走走，走到最后我们停住了，不能再走下去了，回头！"

这就是民营企业，就是华翔，就是周辞美。当他碰到危险的时候，立即悬崖勒马，然后调整姿态，养精蓄锐，继续战斗。

"一条道上走到黑，尽管勇敢，但那是莽夫。"他说。

"每一家企业都有其自身的逻辑，或者说是自身的规律。当它处于下行通道时，即使付出再多的努力，也阻挡不了。"

"所以，民营企业必须有自己的保护色和防火墙。"周辞美说。

那么，周辞美的保护色和防火墙究竟是什么？在整车制造上，他又是如何做到全身而退的呢？

我们不妨试着梳理与分析一下：

首先，从地理位置上看，华翔、中兴相隔很远，管理上多有不便。在入主中兴这段时间，华翔一直低调地站在中兴背后，一切由中兴出面，以至于许多圈内人都不知道华翔是中兴的大股东。而富奇坐标江西，减持中兴，增持富奇，是华翔造车和回归之路的重要一步。

其次，自接手陆平机器厂的四年多时间来，华翔通过对这个老牌企业从管理到生产工艺的一系列改造，取得了连自己都不敢相信的辉煌战绩，也使周辞美对造汽车有了一定的了解，并自认为具备了独立造车的能力。与中兴分手，华翔既真正实现了自己的造车之梦，又避免陷入战线拉得过长、投资过大的风险。

再次，华翔选择SUV车型为主打产品，一方面SUV本来就不是以规模取胜的车型，投入比轿车要少得多。而且，华翔当初是低价入市，通过资本运作，以很低的投入就拥有了四大工艺齐备的汽车制造厂和产品"准生证"。

最后，周辞美是有节制地进入造车业，虽然投入也大，但并非将全部身家都投于此。在造车的同时，华翔集团同时有好几部"赚钱机器"在运转，零部件的主业地位并未动摇。

所以，如果造车前景不好，并不会伤及华翔元气，依然可以很潇洒地全身而退。

有人感叹，有人惊诧，还有人甚至把周辞美比喻成一匹老谋深算、比狐狸还要狡猾的狼。

但不管怎么说，这就是民营企业，有着特别强劲的生命力，它需要狡猾，也需要有狼一样嗜血的本性。你只要没把它打趴下，它就会自己舐愈身上的伤口，然后站起来，奔突千里。

因为，周辞美深深地知道，民营企业一旦倒下，无人同情，也无人出手相救。

所以，如果民营企业想要活得久一些，一切只能依靠自己，只能小心翼翼。

踏稳了，一步一个脚印地前进。

失之东隅，收之桑榆。

这世界本来就是一个平衡体。

周辞美的造车梦碎了，但他的另一个愿望却实现了。

那就是上市。

在20世纪90年代，很多民营企业家只是听说过，却搞不清上市为何物。上市概念、上市路径、上市好处等，也全都是瞎子摸象、一鳞半爪。不像现在，上市已经深入人心，甚至是很多企业的终极目标。有的甚至是一出生就奔着上市而去，千方百计，挤破脑袋，也要往这条门缝里钻，因为他们清楚，上市就意味着影响力和庞大的资金。

而那时候的企业家，很多还对资本市场了解不深。

华翔是在世纪之交启动上市之旅的。

在此之前，宁波的雅戈尔、杉杉、韵升都已经上市。在上市之前，雅戈尔的日子不是很好过，但上市后，业绩上升，面貌很快出现了改变。这让宁波许多民营企业家的眼睛陡然闪亮——原来上市也是一条可以让企业做大做强的路径。

早在一年前，即1999年，华翔集团已在规划与筹备上市。那时，证监会对企业上市还是实施计划"配额制"，实行指标管理。1999年是计划"配额制"的最后一年，从2000年起，证监会修改上市方式，企业上市由"配额制"改施"核准制"。

说来也巧，1999年刚好有一个上市指标落在宁波，宁波市体制改革办公室就想在宁波大市范围内寻找一家有条件上市的企业。

当时，象山还没有一家上市企业。于是，他们把目光瞄向了象山。

而象山够得上条件的，只有天安与华翔两家。

周辞美绝对不是一个守旧的人。他观念先进，视野开阔，对任何新鲜事物都充满好奇与向往。得知这个消息后，他立刻坚定地意识到，公司上市是华翔今后必定要走的一条路。

然后，他对当时已担任华翔副总的郑国说：

"郑国，你来负责上市的事。"

领命的郑国很快就组建起了一个团队，策划、会计师、律师、投行打算由申银万国担任，初步策划华翔集团整体上市。

一切都在紧张而有序地推进着。

当时的天安集团，也处于如日中天的状态，名气甚至要比华翔响亮，它主要生产高压电器。所以，当市体制办来象山考察之后，认为如果这个指标真的要放到象山的话，也是给天安，不能给华翔。

事实上，天安也几乎在同时间启动了上市程序，他们聘请了宁波高专的一位老师作为上市指导老师。可是，就在召开董事会决定是否走上市路线时，想不到有人反对，卡壳了。

这么一折腾，时间就过去了大半年。眼看着宝贵的指标将要流失，时任宁波电子工业局局长兼党委书记，后来担任宁波市副市长的余红艺，只得把这个指标收回宁波，随后又匆匆忙忙分给了坐落在奉化的波导公司。

结果，波导公司倒是捡了一个漏，通过包装，上市了。

就这样，"配额制"的最后一个指标从华翔流失了。

尽管没有搭上"配额制"的末班车，但上市的概念却从此在周辞美的脑海里深深扎下了根。

"不管它是'配额制'还是'核准制'，我们华翔上市这条路一定要走，而且要走得坚决与彻底。"在一次董事会上，周辞美掷地有声地说。

他决心已下。

郑国再次领命，他招募了一批干劲十足又富有上市经验的人，重新组建了一支团队。当时，完成了雅戈尔上市使命的王新胜已从原来的团队中退出，被邀请过来与郑国搭档。两个人配合默契，王新胜负责上市公司内部一线，郑国负责政府及外围一线，后来成为华翔电子财务总监的金良帆则负责财会。

投行则换成了光大证券。

上市的主体则选择了周晓峰的华翔电子。

可是难度还是有，并且很大。对于其时还相对年轻的华翔电子来说，想要上市，必须跨越三道门槛：

一、华翔电子是与香港宁兴公司合作的合资企业，必须解除合资关系。

二、华翔电子当时年销售额只有6500万元，体量较小，必须充实长胖。

三、周晓峰与其哥哥周敏峰之间存在着同业竞争，必须剥离。

跨越这三道门槛，就整整花了三年时间，直到2003年下半年果实累累的季节，才宣告完成。宁波华翔电子股份有限公司（改制后全名）正式进入股票培育期，培育期为一年。

2005年6月3日，周辞美的上市梦实现了。

深圳证券交易所的钟声终于为"宁波华翔"敲响，股票代码：002048。

这是象山县第一家上市的工业企业，也是宁波市第二家在国内股市中小企业板上市的企业。

当天，"宁波华翔"股票以6.18元开盘，最高7.00元，收盘6.54元，上涨0.79元，涨幅为13.74%。

"宁波华翔"获准发行总数量为3000万股A股，上市募集到的1.725亿元资金将用于汽车模具加工中心、汽车高档复合内饰件生产线增资，轿车

2005年6月3日,宁波华翔电子股份有限公司在深圳证券交易所正式挂牌上市

搪塑仪表板生产线等项目的技改投入。

所有这些投入,将有力提升华翔电子在汽配产业的市场竞争力。

"宁波华翔"的上市不仅填补了象山工业企业上市的空白,更为华翔的发展建立了一个有效的融资平台,提高了企业的管理水平,提升了企业的品位和品牌价值,也为今后的健康稳步发展,在汽配行业上做大、做强、做精,奠定了坚实的基础。

对于华翔集团来说,2005年的6月3日,是一个特殊的日子,也是华翔发展史上一个重大的时间节点。从那天起,意味着华翔集团在企业发展的道路上开启了另一扇窗户,从此可以仰望星空。

有两张照片忠实地记录下了这一重大的时间节点。一张是深圳证券交易所的金色大钟下,一群西装革履、胸前插着鲜花的男士与一位女士站成

华翔电子总部办公大楼

一个弧形，背景是深圳证券交易所一幅巨大的电子屏幕，屏幕上依稀可见"宁波华翔上市仪式"几个红色的大字。

另一张是周辞美的家人，只是缺少了周敏峰的夫人和孙辈。周辞美与夫人赖彩绒站在中间，身材高挑的周晓峰笑得自信而自然，玉树临风，他与他的夫人站在一起。另一边则是他的哥哥周敏峰。他们的背后是"宁波华翔"股票的动态显示屏，在涨跌幅一栏中，能清晰地看到＋7.48%的红色字迹。

同样风格的场景在七年后又被定格了一次。这一次，地点换成了香港证券交易所，主角是周敏峰掌控的"华众控股"。

2012年1月12日，周敏峰的华众控股有限公司（华众车载）在香港证券交易所上市，股票代码：06830。

这也是象山第一家在香港上市的工业企业。

华翔集团旗下的华众控股有限公司于2012年1月12日在香港证券交易所主板上市

　　至此，华翔集团的"双子星座"打造完成，三足鼎立的局面彻底形成。

　　周辞美满面春风，他长长地呼了一口气。

　　三十多年的苦心经营与奋力拼搏，终于换来了今天的成就。看着今天的华翔，看着越来越稳重、独当一面的两个儿子，又看着身边的妻子，作为华翔的创始人，周辞美越来越感到自豪与骄傲。

　　"该满足了。"他一遍又一遍地对自己说。

　　然后，他抬起头，目光缓慢地扫过马山，扫过华翔山庄，又扫过山脚下连片的华翔工业园。在华翔工业园，他的目光停留了数秒，最后落在烟波渺渺的象山港上。那儿，群鸥飞翔，船来船往。他知道，那是通向大海的入口，而港湾尽头的海天一色处，则是更加辽阔的大海。

那儿，连接着五洲四海，连接着全世界。

世界那么大，也许，是到了出去走走的时候了。

凝望着遥远的大海，周辞美澎湃的内心竟像海浪一样涌动起"突破下一个看似不可能"的念头！

华众控股香港上市成功，打通了华翔国际资本市场的融资渠道

第七章
进军海外

只有走出去，华翔才能真正地做大做强，世界那么大，我们应该去看看。

——周辞美

1979年8月，国务院颁布了十五项经济改革措施，其中第十三项明确规定：允许出国办企业。这是中华人民共和国成立以后中央文件中第一次为对外直接投资开出的"准生证"。

2000年3月，九届全国人大三次会议期间，"走出去"战略正式提出。2003年10月，中共十六届三中全会强调继续实施"走出去"战略。2007年10月，中共十七大报告关于"引进来"和"走出去"的论述，标志着中国双向开放向纵深推进。2010年3月，时任国务院总理温家宝在第十一届全国人大第三次会议《政府工作报告》中强调：要落实企业境外投资的自主权，加快实施"走出去"战略，鼓励符合国外市场需求的行业有序向境外转移产能，支持有条件的企业开展海外并购。

"走出去"，是改革开放到一定深度中国企业必须经历的一步。

早在2002年，周辞美就曾把目光瞄向过海外。

2002年，周辞美通过同行介绍，率领一行人到德国著名的诺文汽车配件公司参观考察，并真诚地谈起华翔开发木头产品的意愿。没想到对方听了之后，一脸轻蔑地笑着说："木质装饰配件是华贵的代名词，没有听说过中国人会做嘛。"

外国老板趾高气扬的态度让周辞美反感，他倔强的性格被再一次激发了出来。没有人一生下来就会做的，你老外也总是有从零起步的一天。只是鉴于当时的实力，人家不想跟他谈，他也毫无办法。

但老外的话还是像刺一样，一直扎在他的心中。

回国以后，周辞美对这件事又想了很久，终于悟出了一个道理。他不再责怪德国人的傲慢，他觉得德国人不屑与他谈合作，主要是从市场经济规律出发，技术在他手中，产品在他手中，如果角色互换一下，自己恐怕也不愿意谈。

这就是说，当一个人的手中握着"王炸"时，他自然就掌握着更多的优势、更多的话语权。

那么，是否可以另辟蹊径呢？

他决定先找一家外国的小公司试一下水，技术与工艺应该是一样的，华翔用优惠的条件去吸引它。

还真的找到了一家生产汽车内饰件的小厂。周辞美表示愿意给那个外国小老板20%的股份，另外20%作为技术股，如此优渥的条件一下子就吸引了那个德国小老板。于是，华翔在国内合资创建了第一个汽车内饰件工厂——玛克特汽车内饰件有限公司。

初战告捷，这激发了周辞美的欲望和想象。同时，他把办企业的目光从国内逐渐延伸到了欧美国家。

"我们认识到华翔要做强就必须走出国门，毕竟人家在汽车行业上起步比我们早，技术力量比我们雄厚，产品的科技含量比我们高。'走出去'，才能洋为中用，他为我用，提高我们的档次和段位。"

"世界那么大，我们应该去看看。"他摊了摊双手，继续说。

对此，周敏峰与他老爸持相同的观点。

"华翔想要发展，应主动参与全球竞争，这关键是要有'走出去'的眼光和魄力，关键是要在摸爬滚打中培养出一个团队。"

周敏峰平时不怎么会说，声音轻轻的，但一开口，语气中就透露出坚毅。

而周晓峰则干脆直接用行动响应了他老爸的观点。

机会总是留给有准备的人。

2005 年，上海通用给华翔订单，要生产胡桃木饰板。这是目前汽配内饰件中最高档的产品，而在当时的中国，还没有一个企业可生产豪华汽车内的天然胡桃木内饰件产品，外资企业垄断定价权。

一番调查之后，英国的劳伦斯公司跳入了周辞美的视野。作为世界500 强，世界第三大汽车零部件供应商——加拿大麦格纳集团旗下英帝尔公司的全资子公司，具有八十多年的经营历史，总部设在英国的诺丁汉。其天然胡桃木内饰件产品是世界著名品牌，主要供应美国凯迪拉克系列、萨博运动车系列和标致、雪铁龙系列，全球市场占有率约10%。由于英国劳动力成本过高，又遭遇汽车零部件行业降价的冲击，企业年亏损400 万英镑，急于寻找一个好的买家出手。

也是机缘巧合，当时，华翔正在给美国的凯迪拉克提供配件，美国派了个专家来华翔指导，这个专家曾经担任过英国劳伦斯工厂的厂长，对它比较了解。周辞美得知这个消息后，当夜就把他请到山庄。没有用太多的言语，那个老外就竭力建议周辞美买下英国的劳伦斯。

"这样，你们华翔不但有产品，而且还有技术，还有品牌市场，一切都OK了。"

那个老外耸了耸肩膀，两手一摊，说得很肯定。

经过深思熟虑，周辞美决定买下劳伦斯，并且大胆起用新人，由清华大学毕业的、年轻的马至聪作为华翔的全权代表，全程参与收购谈判。而不懂 ABCD、不会说半句英语的周辞美则在后面从容指挥。

"你就大胆干，不要有什么顾虑，我就在后面站着呢。"一见面，周辞美就对马至聪鼓励道。

马至聪，平头短发，胖乎乎的，属马，北京人氏，烟抽得很凶，看上去比较低调，平时话不多，但真说起来也是一套一套的。注重销售与管理，及技术研发，曾在美国福特公司任职，28岁进入华翔集团。

就这样，周辞美与马至聪这一老一小崭新的"双马组合"诞生了，而马至聪也开始从默默无闻的幕后走向了台前，开启了他在华翔尽情发挥的人生之旅。

经过多轮艰辛的谈判，2006年12月23日，华翔集团与英帝尔公司最终成功签下收购协议，华翔集团出资340万英镑收购英国劳伦斯100%的股份。

华翔收购英国劳伦斯，一时在国内引起了轰动，各路媒体纷纷称此举是华翔集团走向国际的关键性一步，甚至是开了国内汽车业境外并购品牌企业的先河。

业内人士分析，国内的汽车零部件企业去海外发展还处在一个初级阶段，无论在人才储备、经济实力、国际经验还是文化认同等方面都缺乏经验。华翔收购劳伦斯，将自己的产品渗入欧美市场，借助劳伦斯真木产品的品牌知名度，注入高品质、低成本制造元素，从而赢得了更加广阔的国际市场空间，这是中国民营企业海外并购的一次积极尝试，为华翔乃至更多国内企业实施国际化战略提供了借鉴。

2006年12月23日，华翔集团收购英国劳伦斯公司

在收购前，马至聪曾数次提醒周辞美："老板，由于国情不同，文化不同，收购国外企业与收购国内企业不一样，可能存在着相当多的不确定性，你是否会怕？"

但每一次周辞美都这样大声地回应：

"怕？有什么好怕的？怕就不是周辞美了。总是要试一试才知道嘛。"

任何一条河流，只有跨进去，才能知道深浅。

这就是周辞美的大胆和魄力。

但大胆的周辞美却很快尝到了苦头。

2007年，次贷危机的泡沫即将被捅破，远在大洋彼岸的美国轻轻扇了一下翅膀，立即就在欧美大陆形成蝴蝶效应，掀起了巨大的漩涡。

也就是说，周辞美收购劳伦斯碰上了最不好的运气，遇到了最差的时机和最恶劣的环境。

第一，汽车木头零配件市场，在短短的一个月内全线崩溃。

第二，人民币兑英镑汇率急升，原来15元人民币兑换1英镑，现在跌到了10元人民币兑换1英镑，外汇损失了三分之一。

第三，英国人都是高工资，比中国的工资起码高出10倍，国内3000一月，他要30000一月。英国工厂里的工人，不管有没有市场，工厂都得养着他们，否则，工会就会立即找上门来。

这三重压力就像是三座大山，压得周辞美透不过气来，几乎把他压垮。

亏损是板上钉钉的事。

更可怕的是，长夜漫漫，似乎还看不到黎明的曙光。

怎么办？

对风浪，周辞美见得多了，也经历得多了。可以说，他在创办企业的过程中，每走一步，都会遇见风浪，他就是从风浪的抗击中不断磨砺出来的。只不过，这次的风浪大了一点，已经可以用风暴来形容了，还是涉外的。

但纵然是外国的狂风暴雨，也吓不倒周辞美。

在他的人生辞典里，还找不到一个"怕"字。

"美国次贷危机固然可怕，对世界的经济影响很大，但是我们面对这样的形势，一定不能倒。要打出去，打得漂亮。尽管我们目前还在困难之中，但是我们的明天一定将非常明朗。"周辞美如此坚定地告诉华翔的每一个员工。

"越困难的事情，我们越要去挑战。因为我们是华翔，是民营企业！"他最后斩钉截铁地说。

但说归说，还需尽快想出一个解决的对策。

那一段时间，真的压力巨大，但他的脸上始终保持着明媚，尤其是对妻子赖彩绒，他始终装作没事人一样，该说的时候说，该笑的时候笑，掩饰得自以为非常到位。

赖彩绒其实早就洞察了他的那些小九九，风风雨雨几十年了，一道打拼，一起磨砺，一起慢慢变老，她对他的性格，岂有不了如指掌之理？

这世界上百分之九十九的人只关心你飞得高不高，只有百分之一的人关心你飞得累不累。

她知道他一定碰到了一个很大的难题。

只是，他不说，她也就不挑破。

她所能做的就是在饭桌上努力地给他夹菜，劝他多吃点，少喝点酒，提醒他多注意身体。

直到他离开了，才轻轻地叹口气，嘟哝一声："何必那么累！"

她觉得，自己能做的，也就这么多了。

只有当周辞美独处时，他脸上的笑容才消失，继而是一张严峻的、近乎冷酷的脸，仿佛年轻时坚硬的线条又重新回到了他的脸上。

他背着手，在办公室或者地下室里，踱了一圈又一圈。

他在寻找着破解的方案。

他清楚，拖下去绝不是办法。

每当夜深人静的时候，他都睡意全无，睁着眼睛，瞪着黑洞洞的窗外，在心里问了无数遍这样的问题：

"难道华翔就不能走向世界？自己辛辛苦苦积累起来的几十年的名声就这样毁于一旦?"

不，他不甘心!

他不相信自己进入了死胡同，他也知道一定存在着破解之道，只不过自己尚未找到而已。

他明显比往日忙了，喝酒的次数也多了起来。白天开会讨论，晚上几乎都与马至聪他们几位高管待在一起，商量对策。

应对方案很快出来了，双管齐下，两条腿走路。第一，把英国的部分生产线搬离英国，迁移到西周的华翔工业园区，降低制造成本。第二，欧洲市场不行了，设法全力拓展北美市场。

如果都走不通，那就只有认命。

"就这么干!"

他握紧拳头，狠狠地擂了一下桌面。

每一着都是未知数，难度可想而知。马至聪后来回忆那段日子时也不禁感慨："公司在生产管理未完全稳定的窘境下，不得不提前实施市场开拓和生产转移两大计划，就像刚完成手术、尚未完全康复的人就要去搬两座大山。"

然而，知难却步从来就不是周辞美的性格。

终于，上苍不负有心人。

事实证明，周辞美的这两个方案都正确及时。

如果说，收购劳伦斯，是周辞美在错误的时机里做出的一个略显草率的决定，那么，接踵而至的这两个方案就是为修正前面的错误做出的最正确的抉择。

为了尽快开拓北美市场，马至聪亲自上阵。他先是去了一趟通用公司，毕竟他曾经在那儿工作过。2008年6月，马至聪在北美见到了通用公司的采购员，闲谈之中，得知通用公司一个新的车型166项目试制已经获得成功，该试制项目已经找了一家供应商供货。马至聪询问有没有可能接这个单，遭到了对方的拒绝。因为订单已经在大约半年前签给了一家欧洲公司，马至聪提出这个意向的时候，距离交样只剩下一个月不到的时间。业内正常程序下，光开模就需要六个月。华翔想要在一个月不到的时间里交出样品，如果不是神助，就是天方夜谭。

"如果我们做出来，是不是就可以……"马至聪以绝对的诚意表达了劳伦斯的想法。

"绝对不可能。"对方冷若冰霜地说，"因为上帝和时间都不站在你那边。"

说完以后，那人觉得口气这么冷似乎不是很礼貌。于是，就稍微缓和了一些，继续对马至聪说："假如你愿意试的话，那么你就试吧。"

7月5日，通用公司收到样件，美方人员瞠目结舌。相比之下，原来那家德国供货企业却整整晚了三个星期才交样。

华翔让西方人看到了中国人的智慧和实力，劳伦斯一举拿到了通用公司800多万美元的订单。

至此，北美市场算是撕开了一个口子。

"企业的竞争是很激烈的。不是拿一根棒、一把刀简单地拼杀，这是无形的斗争。以前，德国人都看不起我们，认为我们搞不出真木饰件，这一次，我们连续抢了他们两个业务。这是最近的一个。"周辞美轻轻拍打着办公桌，兴高采烈地说。

此时，2008年7月5日，距离华翔正式接管劳伦斯一年半。

另一方面，为了尽快实现生产转移，华翔与英国劳伦斯互派代表进行学习和指导。一年以后，劳伦斯的厂牌在西周华翔工业园内高高竖起，它的旁边，同样镌刻着"实干兴业，荣辱与共"的华翔精神。两百多名中国工人与部分外籍员工一起，携手走进厂区，开创国外企业在中国这片土地上的另一个春天。

宁波劳伦斯用了两年时间，不断完善服务，与北美通用、福特、克莱斯勒等汽车巨头建立起良好的合作关系，一个个堡垒被攻克。其中福特公司林肯系列轿车70%的真木饰件由劳伦斯供货。2008年，宁波劳伦斯扭亏为盈，实现利润1000万元；2009年，实现产值7000万元。

重塑市场、生产转移这两步棋将劳伦斯从死亡线上拉了回来，华翔再次发挥了民营企业转身快、灵活机动、不惧暴风雨的特点。

当然，更多的还应归功于当时的决策者周辞美的知人善用、沉着冷静、智慧、魄力和对市场的准确判断。

事后，马至聪不无感慨地说："如果没有老板的充分信任和坚定信念，劳伦斯想要这么快就走出绝境，恐怕并不容易。"

马至聪讲这话时是在2013年底，地点在华翔山庄的马腾楼，周辞美的办公室。

当时，象山电视台的专题栏目《塔山风》正在对周辞美和马至聪进行专题采访，题目是"回顾2013，展望2014"。

周辞美的办公室宽敞整洁，墙上挂满了照片，边上一张很大的办公桌，上面摆满了书籍与各种饰件，大多与马有关。中间位置摆放着一张茶桌、六把椅子，既可以喝茶聊天，又可以召开小型会议。那张气派的老板桌、他几乎没坐过，他更喜欢在茶桌上接待客人，处理事务。

办公室边上开有一个小门，推门出去，则是一个大平台。平台上，两个儿子上市敲钟的巨幅照片被安装在铝合金相框内。平台的边缘还矗立着一匹马，由不锈钢片打造而成，前蹄弯曲，高高扬起，做腾空欲跃状。从平台上望下去，天蛙湖、华翔楼、华翔国际酒店、华翔职工培训中心、文体中心等尽收眼底。再往前看，越过一座元宝形的小山，便是华翔工业园区。正是这个园区，支撑起了西周工业的半壁江山，使8000余户家庭过上了稳定而又充满希望的生活，也是象山工业领域拿得出手的成绩，上级领导考察的主要区域。

如果眼神够好，还能望见园区内一幢黄色的六层建筑，楼顶上，高高耸立着五个红色大字——"华翔劳伦斯"。

尽管收购英国的劳伦斯让周辞美吃了苦头，但也让他积累了丰富的异国兼并的经验。

周辞美认为，每经历一次暴风雨，都应该自我解剖，自我总结，直至自我完善。这样，才能加速前进。

这，周辞美也把它归结为民营企业所拥有的一大特点。

劳伦斯所经历的困境并没有让他退缩，相反令他更加强烈地意识到，整车全球化生产趋势，肯定会倒逼零部件企业的全球化布点。除了与国际巨头加强合作，更需要收购海外中小企业，以获取品牌、技术和客户，这是一条必经之路。

梅开二度的机会再次来临。

2010年，英国捷豹、路虎旗下的真木加工中心向宁波华翔露出友好的

劳伦斯工厂大楼

笑容。这家汽车内饰公司成立于20世纪50年代，位于英国中西部的考文垂市，年生产全系列车用真木、碳纤维装饰件超过10万套，占有85%以上的捷豹、路虎市场份额。

当时，捷豹、路虎想卖出真木工厂，马至聪得知后将消息告诉周辞美，但也根本没有料到老板竟会如此果断地决定收购。

"为什么不收购？我们已经有了经验，人家是世界名牌，订单不用愁，而且不会有工人等负担。"

反倒是周辞美做起了马至聪的工作。

"最佳时间窗口对于海外并购非常重要。"他告诫马至聪，"2009年，华翔电子就失去了并购德国汽车转向系统项目的绝佳机会，前前后后谈了两年，价格上一直谈不拢。后来，对方换了董事长，不愿意被收购。此项目年产值100亿。至今,周晓峰仍十分后悔。

"那是周晓峰的性格,说明他还不够成熟。

"犹豫,有时候是好事,但有时候就不见得。"他继续说。

为了敲定捷豹、路虎项目,周辞美特意去了一趟英国,没想到,他受到了英国议员、考文垂市市长的热情接待。双方很快商定,宁波劳伦斯出资1500万英镑全资收购捷豹、路虎旗下的真木加工中心。

周辞美过人的魄力和独到的眼光再次得到了验证。至2012年,宁波劳伦斯实现产值3.2亿,创利税8700多万元,其中60%的业绩由捷豹、路虎项目贡献。

也是在那一年,华翔集团实现产值105亿元,首次突破百亿大关。实现营业总收入82.9亿元(不包括海外工厂营业收入20亿元),比上年增长

2011年,华翔集团旗下宁波劳伦斯并购英国捷豹、路虎真木制造中心

26.7%。象山本部实现销售额56.4亿元，实现利税总额4.63亿元，其中税收2.38亿元，成为象山县本土工业企业的第一标杆。

对马至聪，周辞美是愈加器重了。

但在2014年，劳伦斯出现了问题。

2014年，由于管理上的纰漏，宁波劳伦斯再一次出现亏损。而在此时，年轻的马至聪犯了一个在一般老板看来不可宽恕的错误——他采取了隐瞒不报的方式。或许是因为年轻，害怕被老板责罚，不敢报，又或许是过于自信，他错误地想利用时间去化解亏损，致使劳伦斯的亏损越来越大，失去了及时查找问题、止损的好时机。

华翔集团董事会主席周辞美在英国考文垂市考察工厂

当这个消息最终传到周辞美耳朵里时，就像是一颗子弹击中了他。他一下跌坐在椅子上，像根木桩，一动不动。他的手在微微发抖，甚至按不下手机上的按键。

后来，他告诉我说，他的第一反应是震怒。眼前都是红色的，天空是红的，窗玻璃是红的，连墙面也是红的，耳朵嗡嗡直响。他感到脑袋特别沉重，特别痛，不仅头痛，连心也痛。

生气过后，随之而来的是失望，深深的失望像潮水一样，一波一波向他袭来，迅速淹没了他的全身。

他深深地低下头。

"难道，这就是自己视为亲生儿子一样的小马对自己的报答？"他一遍遍叩问自己。

随后，他冷静了下来。他把自己与小马从相识到相知，最后放手让他担任劳伦斯总经理的整个过程，翻来覆去地咀嚼了几遍，渐渐觉得把所有的责任都推给小马有失公允。问题的根源还在于自己，是他太信任马至聪了，导致自己深入不够，才最终酿成了这样的后果。

他把马至聪叫来，强压着怒火，开诚布公，严肃而认真地交流，谈得深入而彻底。尽管很不开心，但他知道，此时此刻，任何责备与詈骂都于事无补。他需要了解整个事情的起因和经过、马至聪的真实想法，以及补救的措施。

他觉得自己应该理性，而不是感情用事。

很显然，马至聪已不宜再继续留在劳伦斯总经理的位置上，几经权衡，他选中了许国栋。有些高傲的许国栋到任后所做的第一件事，就是卸了马至聪的一切权力。

马至聪在劳伦斯待不下去了。此时，周辞美的气也已经消了，于是，他把马至聪安排到华翔总部，雪藏了数个月，工资照拿，日常工作就是反省自己。

他并不想因为此事辞掉马至聪。在他心目中，马至聪依然是个人才。

四个月后，马至聪再一次被委以重任，担任宁波劳伦斯表面技术有限公司总经理。对于这一决定，周辞美是在深思熟虑之后做出的。他清楚，马至聪还年轻，正因为年轻，就免不了会犯错误，这很正常，只要他能正视自己的错误，就不失是个可用之才。作为长辈，作为一个过来人，一个企业掌舵人，他没有理由，也不愿意把马至聪一棍子棒杀。

在华翔集团，周辞美拥有绝对的话语权，向来说一不二，有很高的威望，但在处理马至聪这件事上，还是有人颇有微词。有人认为周辞美太偏爱马至聪，对他处罚得太温和，担心他根本不会吸取教训。

"这完全不是'老板'的风格，造成那么大的损失，最起码得叫他走人，有多远就走多远。"

周辞美平和地告诉对方："钱损失了，可以再挣回来。但如果是一个人才走失了，想再把他找回来，就难了。"

还有人好心劝说周辞美："老板啊，小马犯下的可不是一般的错误，而是差一点让你倾家荡产的错误，你不处罚他也就算了，还这么信任他，再一次重用他，是不是太骄纵他了？"

"我相信自己的眼睛，也相信小马，这样的错误，他不会犯第二次。"周辞美坚定地说。

"老板，小心哪，俗话说养虎为患，农夫与蛇的故事，你一定听说过吧？对马至聪，你可得擦亮眼睛。"

"放屁！马至聪他不是老虎，也不是蛇。是谁叫你在这儿嚼舌根子的，再这样，你先滚蛋。"周辞美冷冷地说。

他就这样坚定不移地全面维护着马至聪。

马至聪马上就要去新单位履职了，临行之前，他来向周辞美辞行。周辞美拍了拍马至聪的肩膀，再一次语重心长地告诫道："小马，过去的事就翻篇了。不过，你要争气，一定要正视错误，绝不能再犯。"

2015 年 1 月 1 日，马至聪正式赴任宁波劳伦斯表面技术有限公司总经理。宁波劳伦斯表面技术有限公司成立于 2012 年，产品主要为汽车内饰电镀件，为通用、福特、大众、克莱斯勒等配套服务。公司成立三年来，一直处在亏损状态。马至聪上任之后，不负老板的信任和嘱托，当年就扭亏为盈。

对马至聪，周辞美并没有看走眼。

犯过重大错误的马至聪从此长了记性，他越干越好，业绩年年递增，而且增长幅度不小，呈现出快速上升的良好势头，成为象山产业区效益最佳的一家工业企业。2016 年，产值 1.8 亿。为了扩大生产，公司又投入了 3000 万进行转型升级，从德国引进了一条澳库斯全自动流水线。2017 年，产值突破了 2 亿，上交利税 4000 多万，6 亩面积的厂区，平均每亩创造 700 万的利税。同时计划在相隔不远的另一座兼并的厂区内，再投入数千万元，打造第二条全自动流水线。2019 年上半年，那条崭新的全自动流水线上马，投产。

2018 年，中美贸易战打响，马至聪又数次亲赴日本，积极与本田、三菱等汽车公司取得联系，接着，又与德国的宝马公司达成了合作意向。

他深知，不能把所有的鸡蛋放在一个篮子里。

"他成熟了。"望着进退有据、得失有度、做事越来越稳重的马至聪，周辞美感到由衷的欣慰。他又常常"小马、小马"挂在嘴边，对马至聪的器重溢于言表。但他也没有忘记在适当的时机敲一下警钟：

"千万记住，那是血的教训。别好了伤疤就忘了痛，有了一点成绩，就认为老子天下第一，尾巴翘起来。"

"双马组合"依然存在，只是马至聪换了一个表现的舞台。但不管怎样，他遗留下来的宁波劳伦斯亏损的问题一定要解决，而且非解决不可，不然，总有一天会被拖垮。

那么，问题出在哪里呢？经过一个部门一个部门深入细致的调查，终于找到了亏损的源头——英国路虎真木加工厂，提供的产品价格远低于成本。

"必须涨价，才能弥补亏损。除此之外，别无他途。否则就关闭英国工厂。"

周辞美冷静地做出了决定。

说归说，操作起来可是另一码事。供应商要涨价，路虎是否同意？路虎在国外，又是世界闻名的大品牌，找谁说？具体怎么实现涨价？周辞美心里压根儿没谱。他和马至聪商量。马至聪认为这是一厢情愿，不可能实现，他的理由是，老外们按合同办事，涨价可能会失去路虎供应商的地位。

然而，许国栋却赞同老板的想法，鼓励他沿着这条道路继续走下去。

"试试吧，试试又不吃亏。我们有充足的理由，再说，老外也是人，他们也有血、有肉、有情感，不是冷冰冰的机器。"

于是，许国栋给路虎一位副总起草了一封言辞恳切的信，算是投石问路。内容由周辞美口授，然后，许国栋把它翻译成英文。信中先是表达了对路虎的敬重，然后直奔主题。其中有一段这样写道："作为一个世界驰名汽车的零部件供应商，一个70多岁的中国老人，我感到光荣和骄傲。但如今，由于零部件价格的因素，路虎挣钱了，但这个70多岁的老人却一直处于亏损的状态，并很有可能陷入破产，难道您的内心能够平静和安宁？"

他的目光在窗外停留了一会儿，又继续口授道：

"现在，劳伦斯唯一的止损办法就是涨价，公平地、合理地涨价。如果不涨价的话，这一批订单完成之后，我们就很难再为您提供如此品质完美的产品了。"

信发出之后，很快就有了回音。那位被称作LI的路虎副总答应为这件事召开一次听证会，并且邀请周辞美去一趟位于英国的路虎总部。

有眉目了，周辞美很高兴。定好日期后，在许国栋的陪同下，周辞美去了趟英国，与路虎高层进行了面对面的第一轮谈判，许国栋担任翻译。在谈判桌上，周辞美容光焕发，感觉自己回到了叱咤疆场的当年。一番唇枪舌剑后，路虎的高层们被周辞美的充足理由所折服，毕竟生意场上，老外们也是注重公平、公正、互惠、互利的。他们答应涨价，至于具体涨多少，何时开始涨，双方商定在第二轮谈判时解决。

随后，周辞美与许国栋又特意去了英国路虎真木加工厂。在那里，他组织召开了一次职工大会，目的就是为了扭转工人的工作态度，提高生产效率。像这样的会，他曾经召开过很多次，说什么，怎么说，早就了然于胸。

只不过这一次，他面对的是老外。

"你今天就按我的原话翻译，不能改动一个字。"他对担任翻译的许国栋说道。

许国栋重重地点点头，他完全领悟老板的意图。

就像一位出征前的将军，周辞美侃侃而论，时而慷慨激昂，时而语重心长，一边配合着手势。他把生产效率与企业效益、企业效益与企业前景、个人收益与老板收益之间的关系说了个透，深入浅出，给异国他乡的员工上了生动的一课。

说穿了，就一层意思：干，加油干，只有企业赢利了，大家才有好处；否则，老板也好，职工也好，每一方都是输家。

"人性总是相通的，最大的差异在于文化。所以，兼并国外企业，归根到底是双方文化的碰撞、价值观的求同。"后来，周辞美在总结自己进军海外的经验时，常常这样概括道。

第二轮谈判定在8月，地点在上海金茂大厦的88楼。由于有第一轮的铺垫，双方很快就达成了共识。

双方最后决定，由宁波劳伦斯提供给路虎的产品，在原有的价格上每套提高人民币1000元。

累积了数年的劳伦斯亏损被成功填补。

其实，马至聪的错误并不止让周辞美损失了上亿元。

在此之前，由于年龄的原因，周辞美已打算把劳伦斯及下文中提及的北方刻印一并打包卖给周晓峰。周晓峰也基本同意，而且已委托财务总监金良凯进驻劳伦斯。

恰在此时，劳伦斯的亏损浮出了水面。

这一下，周晓峰不干了。换句话说，他不想买了。

对此，很多人不理解，说好的事怎么可以反悔呢？更何况，周辞美是周晓峰的亲爸。

听到消息后，郑才玉还特意匆匆地从宁波跑到象山，一进老板的办公室，她就大声嚷嚷："老板，这是怎么回事？这是怎么回事？"

周辞美倒很淡定，他一边慢悠悠地喝着茶，一边聆听着郑才玉的絮絮叨叨。直到她说完了，他才抬起头来，瞪了郑才玉一眼，淡淡地说："怎么回事？难道这还不好理解？企业亏损了，人家当然可以不要，哪怕买卖双方是兄弟、父子。我倒觉得周晓峰做得对，一个亏损的企业，换作是我，也要仔细考虑。"

他端起杯子，表情漠然地又抿了一口茶。

"买卖关系中，起决定作用的不是双方的关系，而是企业的赢利能力。"

"那劳伦斯怎么办？这样亏下去，终究不是办法。"

"放心吧，总会有办法的，唯一的办法就是自己强大起来，让它赢利。到那时，他周晓峰就是想要，我还不见得卖给他呢。"他慢悠悠地说。

一年以后，劳伦斯见到了利润，周辞美的心情也开始放松下来，就像春日的阳光，一日暖如一日。有一天，他手里拿着鱼料，正站在天蛙湖的栏杆边，弯腰喂鱼。周晓峰走了过来，一见面，就对他父亲说："爸，你把劳伦斯卖给我吧！"

"卖给你？"周辞美把手中的鱼料撒向湖面，"嘿嘿"一笑，随后反问了一句，"我为什么要卖给你？现在它挣钱了，难道你说卖就卖？"

停顿了一下，他继续说："告诉你，我不想卖了。"

这是关于劳伦斯的一个小故事，也是周辞美父子之间的一段小插曲。当然，劳伦斯最后还是由周晓峰收购，只是收购的价钱已经与先前不一样了。

回到2011年，华翔并购英国捷豹、路虎真木加工中心后，12月31日，这年的最后一天，周辞美再一次出手，上演了一出海外收购大戏，宁波劳伦斯出资9400万美元，完成对美国北方刻印的100%股权收购。

这也是他五年内的第三次海外收购。

于是，就出现了本书开头的那一幕。

北方刻印位于美国的威斯康星州，是一家具有百年历史的老牌企业，

2011年，华翔集团旗下宁波劳伦斯收购美国北方刻印公司

主要产品为汽车铝合金装饰件，已经传承了三代，但第四代继承人的兴趣不在办厂上，只得挂牌出售。它在美国有四家工厂，在英国有一家工厂，加起来共有1600名美籍和英籍员工，却被远在中国的华翔集团一股脑儿地打包收购。

随后，与英国劳伦斯的处理手法如出一辙，周辞美也把北方刻印的部分生产线搬到了中国。

北方刻印部分生产线从美国搬迁到中国的西周以后，几乎与当时搬迁劳伦斯一模一样，厂房建造、设备安装、业务洽谈、流动资金、员工素质全都顺风顺水。

北方刻印生产的是铝制高档汽车内饰件，比如说，新能源汽车特斯拉就是北方刻印的重点客户，从门把手到仪表盘挡板，共有十多种不同规格的铝制内饰件由北方刻印提供。在此之前，华翔还从未接触过铝制内饰产品。尽管在遥远的美国，它可能是一道较为成熟的工艺，但在这儿，合格率一直较低，技术障碍始终难以克服。一块铝板从进去，到走完最后一道工序，按理应该合格六个产品，但现在却只能合格三四个，光是原材料的浪费就是一笔不小的损失。而刻印过程中还要遇到温度与湿度等诸多因素，技术含量极高。这导致了北方刻印从搬入的第一天就出现了亏损。

调试，失败；再调试，再失败。从美国原厂搬来工程师，每三个月一轮换，还是不灵。

问题的症结究竟在哪里？

如何解决？

这注定又是一场硬仗。

以周辞美的作风，深入了解情况肯定是第一步。那一段日子，刚刚放松下来的周辞美再一次拧紧了发条，从马至聪到每一个高层，再到各部门中层干部，一遍又一遍地交流。他甚至在6月召开的一次"扭亏增效、提增信心"的职工大会上郑重宣布："这是一场硬仗，为打好这一仗，从明天开始，在接下去的三个月时间里，我要与在座的工人们一道，在北方刻印上班。"

言出如山，果然在第二天的早晨7点，周辞美敦实的身躯就准时出现在了厂门口。在接下去的许多天里，如果没有特殊情况，只要去北方刻印，就一定能够找到他。

周辞美已经十五年没有亲力亲为、深入一线抓生产了，这次破了例。而且，他去工厂，不是坐在自己的办公室里，看看报、喝喝茶、听听汇报、发发指令，而是把自己一竿子插入工厂的最底层——车间。

一有时间，他就出现在车间里，与那些工程师、技术人员一起研究合格率偏低的问题，从原材料到最后一道工序，从采购到出货的每一笔单子，从成本测算到技术改进，不漏过任何一个细节。

他确实豁出去了。此时，他已是一个70多岁的老人了。尽管精力充沛，斗志不减当年，但毕竟廉颇已老，一岁一岁的年龄增长不可逆转。

也许，这也是民营企业的一个特点，另一个残酷无比的现实：民营企业必须拿利润说话，没有利润，一切都是空谈。一旦破产倒闭，所有的一切都由它独自承担。

其他人都可以无动于衷，但老板不能无动于衷。

对于这一点，周辞美实在是看得太透了。

2011年，宁波华翔电子股份有限公司收购德国瑞纳公司

或者可以这么说，在这一点上，他清醒得有点可怕。

为此，他必须全身心投入，必须拼搏。自古华山一条路。

三个月以后，在北方刻印的又一次全体职工大会上，坐在台中央的周辞美春风满面，笑逐颜开，三个月的艰辛与沉重并没有在他饱满的脸上留下丝毫疲惫的痕迹。

他音色洪亮地向全体与会职工大声宣布：

"北方刻印，5月亏损100万元；6月亏损23万元；到7月，我们终于见到了赢利，赢利45万元；到8月，我们就有望赢利100万元。"

2012年秋高气爽的一天，象山县作家协会部分骨干在作协名誉主席，也是华翔集团董事局主席——周辞美的带领下，参观了宁波劳伦斯汽车内饰件有限公司，从样品室到成品车间，作家们被现代化的设备和眼前工人的劳动热情所感染。在打磨车间，诗人顾宝凯盯着一批正在熟练操作的技术工人，他们专注的神情、上下翻飞的手法，让诗人的目光一刻也不想离开。

他被深深地打动了。于是，他写了一首诗，题目叫《记劳伦斯工厂的打磨工》。

记劳伦斯工厂的打磨工

顾宝凯

他打磨着时间

硬生生地把虚空摁进木片里

同时，他打磨着自身

这些年背井离乡的岁月

这些年他打磨着生活的坚与硬

阔大的厂房内，打磨机发出的声音

掠过他的眼角，穿过他的耳膜

敲击他的心脏

"嘀嗒"一声——

木板上有了精确的弧度和棱角

他手中的砂纸磨亮了异乡的月色

照见他生活中骄傲的部分

请允许我赞美他们粗糙的双手

制作出光滑精美的产品

赞美他们站在流水线上

纹丝不动的身影

他们千里迢迢奔赴而来的脚步声

似一架架马达安装在华翔的各个部位

让它在中华大地上快速地飞翔。

2013年6月4日，时任中共浙江省委常委、宁波市委书记刘奇，在象山县委书记李关定、西周镇党委书记周坚栋等陪同下，考察了华翔北方刻印新项目。

从2006年收购英国劳伦斯，至2011年收购美国北方刻印，短短的五年内，周辞美三次出手，目标都是海外企业。

那么，周辞美为什么要这么做呢？这三次看似相似的收购又有什么不同呢？

马至聪很好地回答了这个问题。他说："第一次收购，严格来说，是一个比较失败的项目，只是为我们留下了宁波劳伦斯的一颗种子。随后，我们从第一次收购中总结出了经验教训，把它付诸实践，把海外企业与国内企业双方的资源和优势，共同组成一个平台，进行了第二次收购。第三次收购，与第二次收购的意义又不大一样。第二次是在我们固有的市场上扩大了市场份额，奠定了一个好的基础。第三次收购的北方刻印，是做铝合金的，它跟我们以前的真木产品是有区别的，跟我们产品的互补性是非常强的。这个收购等于是我们扩大了产品线。比如说，在目前比较吃香的特斯拉电动汽车里，就有我们生产的11件铝合金内饰件产品。"

"我们劳伦斯一直有一个目标，在中高端豪华汽车里为顾客提供全系列产品。"停顿了一下，马至聪从烟盒里抽出一支烟，点上，吸了两口。

他继续说道："通过这三次收购，目前在中国有宁波劳伦斯，在美国有NEC公司，在英国有北方汽车系统，有VNC公司，实现了全球的这么一个布局。在全球各大洲，为顾客提供不同的产品、不同的服务。这就是我们五年内三次收购想要实现的一个目标。"

周辞美显然是站在更高的起点来看待这三次收购。在他看来，中国企业，尤其是中国的民营企业，只有"走出去"，才能做大、做强、做优，才能借助别人的长处，迅速提高全球化的核心竞争力。企业家必须要有危机感，他的头脑必须跟着形势的变化而变化，绝不能故步自封，自我满足，这也是华翔今后的发展道路。

开辟海外市场，华翔走的路与别人不一样，这就是创新。企业家都是实践家，经济学家将企业家实践的行为讲出来，而企业家则将经济学家很复杂的道理做出来。企业家所做的事情很简单，无非就是要求一切都按客观规律去做，发展生产。做企业就是要遵循市场规律。

世界在变，企业家的头脑也应该变，最好能奔跑在变化的前面。这是最浅显的道理，也是企业家取得成功的基本素质之一。

与此同时，周辞美的两个儿子也同样甩开膀子，加快了扩张的步伐，他们也把目光一次次地盯向了海外。

2011年11月，华翔电子以2730万欧元收购了德国SELLNER公司。

2012年4月，华众车载以400万欧元收购了德国FBZ公司。

2012年6月，华翔电子以440万欧元收购了德国HEBAKO公司30%股权。

2013年4月，华翔电子以3420万欧元收购了德国HIB TRIM公司。

2014年，华翔电子以300万欧元收购了德国POLAC公司。

通过海外收购，华翔不仅仅买到了相关技术和品牌，极大提升了自身的开发水平，更重要的是买到了市场，打入了奥迪、奔驰、沃尔沃、宝马等高档汽车品牌的供应链，成为它们的模具供应商。

至此，华翔的国际兼并基本完成，海外员工达4000多人，国际布局也基本落好了子。

"我们中国人讲'鼎'是有三只足的，从空间上说，我们华翔要走向世界有欧洲、美洲和亚洲，形成一种'鼎'的局面。我们华翔在整个世界的市场领域，我认为是完成了一个布局，这有利于我们华翔汽配的发展。"周辞美最后总结道。

中国人向来把"鼎"看作是国之重器，因为它代表着牢固与稳定。

喜爱中国古代文化多年的周辞美毫不掩饰对"鼎"的喜爱。华翔集团的结构是以"鼎"的形式呈现，华翔集团的运营布局及发展方向，同样是呈现"鼎"的形式。

鉴于华翔集团海外并购的成就，2011年，华翔集团被授予浙江省第一批实施"走出去"战略企业称号。获此殊荣的企业全省只有10家，其中宁波只有2家，另一家是李如成的雅戈尔集团。

2012年，周辞美被授予"浙江省企业十大领袖人物"称号。

第八章

最得意的作品

几何学告诉我们，世界上最简单，也
最稳固的图形是三角形。

——周辞美

有人说，周辞美的成就在于他缔造了华翔集团。

又有人说，周辞美的功绩在于他创造了庞大的财富，为国家缴了很多的税，让近两万名职工以及背后的家庭有一个稳定的收入，为社会做出了很大的贡献。

还有人说，周辞美人生最精彩、最引以为豪的，是培养了两个优秀的儿子。

……

1966年11月8日，周辞美的长子出生，取名为周敏峰。

当时，正是"文化大革命"开始阶段，年轻的周辞美对变幻的世界和中国大地上的政治运动产生了浓厚的兴趣，他一头扎了进去，很少有时间顾及儿子。

三年之后的11月18日，周辞美的第二个孩子出生了，还是一个男孩，从生日来说，与他的哥哥仅仅相隔了十天。周辞美将他取名为周晓峰。

周晓峰出生时，"文化大革命"正是最猛烈的时期，他的父亲周辞美胸前佩戴着大红花，被革命群众敲锣打鼓地簇拥着上省会城市——杭州。这在当年，可是了不得的荣誉。

在两个儿子小的时候，由于周辞美热衷于参加运动，所以，他无暇顾及孩子们的成长。后来，他对这种哗众取宠的运动彻底看透，开始办厂，又心无旁骛地一头扎了进去，没日没夜地围绕着工厂转，就更加没有时间关心两个儿子的成长了。

所以，敏峰与晓峰基本上是他们的母亲赖彩绒含辛茹苦养育长大的。

与其他出生在农村的孩子相比，敏峰与晓峰的童年多了一样特别的东西，那就是时时刻刻的担心。他们经历过父亲数次的起起落落，一忽儿春风满面，一忽儿被打倒、被批斗。

不难猜想，在那个年代，父亲被批斗，家人受人欺侮、被人瞧不起的事情肯定是时有发生的。

动乱结束后，周辞美把濒临倒闭的邮电器材厂办得红红火火，家里的经济也有了很大的好转。那时候，敏峰还在上学，有一天，他从学校回来，把书包一丢，满腹怨气地对他的父亲说："爸，我不想念书了。"

周辞美抬头瞟了一眼儿子，漫不经心地问道："你不上学，想干什么呢？"

"我要去学武。"

这一次，周辞美不淡定了，他放下手中的工作，抬头盯着儿子。他盯了很长时间，看到了儿子目光中闪烁着的坚定神情。也许，在那一瞬间他才明白，自己的那段动荡生涯给孩子的心灵造成了怎样的创伤！

多年以后，周辞美的两个儿子茁壮成长，敏峰成了宁波华众的董事长，其统领的企业2012年在香港上市。晓峰的事业更是辉煌，他的宁波华翔早在2005年就在深圳上市。一个家庭出了两位上市公司的董事长，这在象山的历史上绝无仅有。更加难能可贵的是，兄弟俩团结一致，互爱互助，尽管从事的都是汽车零配件的行业，但都在各自的岗位上兢兢业业，脚踏实地，携手并进，从来没有过见诸媒体的负面新闻和陋习。

许多人由衷地恭喜周辞美夫妇，说他们培养了两个优秀的儿子。尤其是对赖彩绒，大家都竖起大拇指，赞扬她是了不起的母亲。

也许，只有周辞美内心清楚，当年的曲折经历也是两个儿子成长道路上不可或缺的因素。就像一枚硬币有两面，苦难和卑微，也有它的正面——它能磨砺意志，成为激励人奋发向上的催化剂。当苦难过去后，它就是一笔财富，但前提是这个人并没有被苦难压倒。

哥哥周敏峰给人的感觉是内敛、文静，甚至有些腼腆，尤其是在人多，需要他上台讲两句的时候。在这一点上，他似乎没有继承他父亲豪气干云的风度和出口成章的才情，倒是继承了他母亲的谨慎和细腻。他是中欧国际管理学院第一批EMBA（高级管理人员工商管理硕士）学员，常常衣着整洁而精致，骨子里流淌着象山人固有的豪爽与大气。

2017年10月，总投资3亿元，厂房面积达2万平方米的宁波华络特新厂在杭州湾新区投产。投产当天，周敏峰搞了个富丽又典雅的开厂仪式。不但请广告公司布置舞台，安装LED大屏，请专业人士拍摄了华络特专题片，还邀请了德国的合作方——乐柯纳公司和珠佩特公司的老总，西装革履，隆重登场。宴会时，还聘请了一支专业的民乐队。

他不心疼钱，相反，认为这钱花得很有必要。

弟弟周晓峰则显外向，不像他哥哥那么注重形式，却对扩大市场占有率情有独钟，常常像母鸡下蛋似的，静悄悄地诞生了一家企业，接着"咚咚咚"地又诞生了一家。或许是常跑国外和居住在国际大都市——上海的缘故，他比较洋派，不拘小节，尤其在"吃穿"二字上，强调吃饱、吃

2017年10月25日，宁波华络特汽车内饰有限公司在杭州湾揭幕

够、穿暖、干净、清爽为主，从来不关心身上的衣着是不是名牌。

这一点与他的哥哥刚好相反。

曾经听他的夫人张松梅讲过这么一件事，说是有一天，周晓峰去瑞士与一个客户谈判，上身一件普通T恤，下身一条牛仔裤，肩上一只褪了色的帆布包。那包他已用了十几年，一直舍不得丢弃。下飞机时，张松梅突然发现那只帆布包破了一个洞。于是，她就用登机牌将那个破洞遮了起来，但在谈判桌上，周晓峰竟将登机牌拿掉了，一个破包就这样堂而皇之地向着对方。

但就是这位看上去不关心吃喝、衣着，甚至对自己有些抠门的周晓峰，对家乡的公益事业却毫不吝啬，出手大方。

2014年9月1日，位于西周华翔工业园区，占地22.6亩，建筑面积

6200平方米，开设有15个班，60余名教职工的华翔幼儿园开园。它的开园，极大地缓解了西周镇幼儿教育的困难，让西周镇的幼儿教育设施跃上了一个崭新的台阶。

华翔幼儿园是由华翔电子股份有限公司出资筹建的，总投入2600万元，因为是上市公司的缘故，随后以每年一元人民币的租金出租给西周镇人民政府。

2018年，他又以其母亲赖彩绒的名义赞助100万，资助西周卫生院购

2014年9月，华翔电子股份有限公司兴建的华翔幼儿园

置了一台CT机，从而结束了象山农村卫生院没有CT机的历史。

当初，西周卫生院急迫地需要一台CT扫描机，只是苦于资金不足。当赖彩绒得知这一消息后，表示愿意资助20万。晚上，她打电话给周晓峰，没想到周晓峰直接告诉他的老妈，说："妈，20万太少，我们不如干脆赞助三分之一——100万。"

2020年春节，武汉暴发新型冠状病毒疫情，各省皆启动了一级防疫响应，口罩、消毒液及防疫药品都成了紧缺品。在家乡过年的周晓峰大年初三就匆匆回到了上海，嘱咐华翔在德国的厂方到处收购这些物品，随后分两批捐助给象山县人民政府，总价值120万元。

至于个人生活，周晓峰能简则简。

华众控股董事长周敏峰与部分国外员工在一起

敏峰细致、缜密，成熟、老到，追求完美。周辞美曾形容自己长子的做事风格是"步步为营"。跟哥哥的沉稳及略显拘谨不同，周晓峰则更活泼，更潇洒，更平易近人，就像是一个亲切随和的邻家大哥。对次子的这种行事风格，周辞美也同样用过一个成语，叫"处处留情"。

周晓峰似乎是继承了他父亲的口才，语速不疾不徐，舌灿莲花，跟谁聊都有话题，你永远不必担心与他相处时冷场。听说他最近还在学德语，很投入的状态，出差途中，只要在飞机上逮住说德语的，保准与对方交流。实在找不到，就自己搞了个耳机，自顾自也学得津津有味。

这一点，倒与他父亲颇为相似。如果说他父亲的语言具有豪放派的风采，那么，周晓峰就是婉约派。

听周辞美说，周晓峰自小就是个顽皮的家伙，经常干一些把书包塞在厕所里，假装上学，实际上逃学的勾当。但他天资聪慧，领悟力强，自小就有商业头脑。小小年纪的他，曾在车站里摆小人书摊，利用别人等车的时间，一分两分地赚钱。16岁时，学会了开车，当时是解放牌卡车，人陷在驾驶室的座椅里，还没有方向盘高。再后来，他去邮电局上班，有了一个正式编制，屁股还是稳定不下来，鼓动同事捣鼓了一个饮料店，开在县前街上，但最后以失败告终。

他是个好动的人，什么跑步、野外自行车之类的，都喜欢插上一脚。前年，在华翔山庄工人俱乐部的开馆仪式上，举办了一届"华翔杯"野外自行车赛。将近50名选手从儒雅文化走廊的入口处——莲花出发，沿上张水库，途经欧阳桥、儒雅洋、西周，全程30多公里。一向爱好运动的周晓峰也参加了这项比赛。一起参加比赛的还有宝马总公司的副总——一个满脸胡子，让人猜不透实际年龄的德国人。

尽管周晓峰没有获得名次，但他坚持骑完了全程。至今，在华翔工人俱乐部的墙上，仍挂着一张他与那位宝马副总一起参加"华翔杯"的合影。照片上的周晓峰春风满面，穿着健身服，戴着头盔，一只手很自然地搭在那位老外的肩头上。

与他的老爸一脉相承，任何时候的周晓峰看上去都是腰板挺直，精神饱满。他似乎是个坚定的理想主义者，脸上始终洋溢着信心满满的光芒。他信奉工作至上，是个工作狂，满世界飞来飞去，或者全中国跑来跑去。

2017年，为了解决德国工厂亏损的问题，在短短的两个月里，周晓峰来回飞了24次。有几次甚至是今天去，明天就回。2018年10月，周辞美去上海看望赖振元，在上海待了三天。其间，特意去了一趟周晓峰的家，又坚持去了一趟他的公司，却连周晓峰的人影都没见着。一打听，才知道

周敏峰在车间调研

周晓峰前一天去了宁波，第二天又转飞深圳了，害得他老爸一迭声嘟哝道：

"怎么会那么忙？连爸想碰个面都这样，何况别人？"

那么，周晓峰为何要如此辛苦呢？

答案很简单：热情，对自己事业的热情。

他是纯粹地喜欢工作，似乎工作是他快乐的不竭源泉，只要一提到工作两个字，他的眼睛就会发亮。这一点，他把它归结为父亲的遗传，要知道，他老爸当年工作起来也是十分忘我的。其他诸如交际之类（关于这一点，他的哥哥周敏峰就要比他积极得多），统统被他简化。

在周晓峰的不懈努力下，现在，他的工厂早已遍地开花，有了分厂，对周辞美来说，那该是孙子辈的企业了。有一次，周辞美开玩笑地对儿子说："晓峰，你现在究竟有几个厂了？"

这可难住了周晓峰。他挠挠脑袋，思索了一会儿，最后无奈地说："老爸，五六十家总有了吧，准确的数字我不是很清楚，只知道你当爷爷了。"

"我当然是爷爷了，这个还用你告诉我？不过，我对你说，你已经有90多家企业了。"

"不会吧，老爸，你怎么知道得比我清楚？"周晓峰微微张开嘴，吃惊地说。

"我当然比你清楚，别以为你的老爸已经老了。"

在象山待得久了，周辞美会出去走走，去看看自己的企业、儿子的企业。有时候，由周晓峰陪同，有时候，由周敏峰陪同。但更多的时候，他自己去。去了以后，他喜欢到处走动，生产车间、研发中心、销售部，甚至连财务部都不落下。儿子工厂里的工人一般不认识他，只是猜想这个气度不凡、行动像风一样的健壮老人有公司负责人的陪同，一定来头不小，于是纷纷站起来，笑盈盈地点头问好。

兴高采烈的周辞美便举起手，一边挥动着那厚实的手掌，一边大声地自我介绍：

"大家好！我是周晓峰的老爸。"

哦，原来是大老板，传说中的人物。

"大老板好！"大家齐声回答。

看到儿子的事业超过了自己，他"呵呵"地笑着，内心里流淌着花蜜一般。

周晓峰意志坚定，做事执着、认真，对事情的分析与判断正确、到位，看问题常常具有逆向思维。2008年，美国次贷危机爆发，波及全世界。随后，国家投放了4万亿，刺激经济，机会主义大行其道，每个人都恨不得钱生钱，一夜暴富，或者一本万利。很多原本搞实业的企业看到房地产市场发展迅速，利润生猛，都经不起诱惑，纷纷转投干起了房地产。实业反倒成了一块装门面的招牌，一面随风飘荡的幌子。

但周晓峰就是沉得住气，他压根儿不为所动，依然一门心思捣鼓着自己的主业。

"当时，也有人鼓动我们去做房地产，的确很有诱惑力。"但是，冷静下来一想，周晓峰还是不想走上这条道，"如果把钱投到房地产中，也许短期能赚钱，但此时如果遇到一个很好的汽车零部件投资项目，就可能拿不出钱了。"

"我们不赚浮财。"直到现在,他仍这么说。

跟风、赚快钱和浮财、梦想一夜致富,似乎是今天许多人的通病。

哪怕是互联网经济喧嚣沸天的今天,周晓峰也同样安之若素。

周晓峰不浮躁。相反,他沉着,有底气,埋头守着自己的一方山水,耕耘着脚下的这一片土地,就像是一枚钉子,深深扎在自己的汽车零部件上。

所以,从1994年周晓峰离开邮电局,投身父亲的华翔集团麾下,一点一点起步,不断地扩张、兼并,一直做到2016年年产值148个亿,比他哥哥稳定的二三十亿大了好几倍,其中没有一分钱来自房地产。

乐观、阳光,全身上下散发着阳刚之气,富有人格魅力,是大多数人对周晓峰的共识。

他拥有一支不错的管理团队,据说,华翔电子的管理层是中国上市公司中最年轻的团队之一,平均年龄才30多岁,全都上过中欧国际管理学院的培训班,像杨军、林福清、胡建雄、金良凯等。他们中有的是从1995年就开始跟着他,一路过关斩将磨砺出来的,如杨军和林福清;有的是半路上被周晓峰的人格魅力吸引过来的,如胡建雄。

说到胡建雄,这里有一个故事,不妨说一下。

胡建雄是德籍华人,原来在德国汽车零部件诗兰姆公司供职。2001年,华翔电子与德国诗兰姆公司合作成立宁波诗兰姆汽车零部件有限公司,总部设在西周。这也是华翔集团跟国外合作的第一家企业。胡建雄作为德方代表,参与了谈判。两人一见面,就惺惺相惜,交流了一个晚上。结果第二天,胡建雄就对周晓峰说,他不想待在德国公司了,他想跟着周晓峰干,而周晓峰也爽快地答应了对方。

直到今天，胡建雄仍然在华翔电子担任宁波诗兰姆高管。而诗兰姆也从刚开始的只有2条生产线，5个人，年产值100万，到今天的全国7个分厂，1090多人，年产值突破10亿。产品也从单一的波纹管，到今天的上万个品种，年生产量达4亿多件。

"我当年就是被周晓峰的目光诱惑来的。"谈到自己"变节"的原因，胡建雄乐呵呵地说。

"他的眼睛里放射着明亮的光芒，我当时想，有着这样一对目光的人，跟着他一定不会太差。"如今，胡建雄的鬓角已经有了细碎的白发，依然健谈。他是象山的荣誉市民、人大代表。周末，则自己开车返回他在上海的家。

他给我煮了杯咖啡，很快，办公室里就弥漫着咖啡浓郁的香味。

"我至今仍为我当年的举动感到明智。"

他举起杯，啜了口咖啡。

宁波诗兰姆公司坐落在华翔工业园区，背后是鳞次栉比的工厂，像胜维德赫后视镜厂、特莱姆、玛克特、劳伦斯、北方刻印等，当然，周敏峰的许多企业也坐落在其中。它们相互独立，连成片则构成了华翔工业园，为社会提供了8000多个工作岗位，为西周镇创造了过半的工业产值。

2004年，宁波诗兰姆新厂房落成。从胡建雄的二楼办公室窗户望出去，是一条宽阔的水泥公路，车来车往。如果目光继续延伸，则能看到马山，以及马山顶上矗立着的那座高高的药师佛。那儿，就是华翔集团的总部。

对于诗兰姆的成长，另一个名叫周燕燕的女孩子也是一个见证者。这个长相漂亮、有着大大眼睛的女孩当年19岁，从学校一毕业就走进了宁波

2004年,宁波诗兰姆新厂房落成

华翔的大门,被安排在诗兰姆工厂。当时,诗兰姆刚谈完合作意向,处于搭建起步阶段,所谓的车间,也只有两台注塑机。尽管简陋,但当初的华翔电子却已经颁布了一个明确的规定,所有的大中专毕业生都必须进车间一线实习。

一年以后,周燕燕又被调到了开发部。

近二十年来,周燕燕也从未离开过诗兰姆,只是在流水似的岁月里,逐渐由原来清纯靓丽的小姑娘变成了中年妇女,目光中闪烁着作为一名华翔人的自信、稳重与开朗。借助自身的努力以及华翔的平台,今天的周燕燕已茁壮成长为多家诗兰姆公司的高管,具体分管生产、质量、采购、物流一线。

目前诗兰姆公司已经成为中国线路保护方面产品最丰富、研发实力最强、质量最佳、销售额最高的专业企业之一

这听上去就像是一个励志故事。其实，在华翔集团，像周燕燕这样的人并非偶然和孤例，他们个人的成长与华翔的发展紧密相联，相辅相成。毕竟，平台不同，定位不同，人生的价值也会截然不同。企业是人的企业，人才对企业的贡献也早已有目共睹。但反过来说，一个企业如何重视人才、发掘人才、培养人才，也从侧面反映出这个企业的前程。

像胡建雄这样成为周晓峰管理团队成员的人不在少数。"正是因为有共同语言和共同的理想，我们才走到了一起，才能成为一个有凝聚力和战斗力的管理团队。"每当说起华翔电子的管理团队，周晓峰就感到无比自豪。

同样是2008年，A股市场经历了一波腰斩式的大跌。宁波华翔的22名高管却逆势增持，一时间成为证券市场的焦点。

截至当年6月3日，周晓峰斥资6155万元买入公司股份500万股，占公司总股本的1.01%，平均价格每股12.31元。以6月30日收盘价8.35元计算，周晓峰已经浮亏1980万。至9月17日，公司股票收盘价跌至5.05元，其时周晓峰浮亏更是高达3630万元，处于短线深度被套的局面。

"我只是想告诉大家，我们对自己和未来都很有信心。"周晓峰说，并坦言，"今年的经济形势确实不好，一方面全球经济不景气，另一方面国内原材料涨价、劳动力成本上升、银根紧缩等因素也给经济，尤其是民营经济带来了巨大考验。"

"打一个比方，汽车行业也总会有疲软的时候，但不是每个企业都会因此一蹶不振。"他继续说，言语中流露着他的自信与沉着，"行业的起起落落很正常，不必惊慌失措，因为遇到难题的并不是单单一家企业。"

我想，面对风雨欲来，当时能保持他这样从容的人不多。

越是在困难的时候，就越应该保持镇定和清醒，越应有一种闲庭信步的风采与气度。

这是一个成功企业家必须具备的潜质。

周晓峰的父亲——周辞美就具有这种临危不惧的素质。在他看来，一个优秀的企业家就应该像一名斗士，宁可站着死，也不愿跪着生。越是困难、生死存亡的紧急关头，就越要有意志和毅力，保持清醒和冷静，迎着困难冲上去，向死而生，才能破茧成蝶，闯出一片新天地。

生与死，成功与失败，许多看上去是两极的东西，往往中间只隔了薄薄的一张纸。

华翔电子董事长周晓峰与客户一起在车间调研

优胜劣汰，大浪淘沙。这么多年来，华翔集团就是在经历过无数次的风吹浪打中站立起来的。

要不然，也不会有今天的华翔！

"如果说，现在是最坏的时机，那也可能是最好的时机。"周晓峰继续说。

当然，事情的结果就像周晓峰当年所预言的，他不但成功地渡过了难关，突围了出来，还因势利导地结实了一圈。

只是，历史总是有惊人相似的一幕。十年以后，由于愈演愈烈的中美贸易战，国内股市低迷，汽车销量严重滑坡，原材料涨价，税费高企等，可以说是内忧外患。中国经济，尤其是中国民营经济的磐石——制造业，再一次走向了十字路口。

刚达知天命年龄的周晓峰再一次面临巨大的挑战。

但他已经不是十年前的周晓峰。比起十年前，如今的周晓峰更加强壮，更加出类拔萃，也更加具有商海里搏斗的经验。他就像高尔基笔下的那只海燕，既然暴风雨的来临无法阻挡，那就索性张开臂膀，让它来得更猛烈些吧。

回家的路并不漫长，象山港大桥贯通后，行程缩短了。宁波到西周一小时，来回两小时。上海到西周三小时，来回六小时。开车不是问题，有司机，但时间对敏峰与晓峰兄弟俩来说，却是最要命的问题。

饶是这样，兄弟俩也常常回家，毕竟年事渐高的父母是心中最大的牵挂。尤其是周敏峰，了解他的人都说难能可贵。除了平时隔三差五的电话问候，他的身影还经常出现在华翔山庄。每年的母亲节，周敏峰都不会忘记给妈妈送上一束鲜花。碰到二老生日，每一次都会在宁波的公司总部摆上一桌，为父亲和母亲过一个丰富的生日。

周辞美的生日是9月4日。有一次，周敏峰在国外，无法赶上。于是，他叫媳妇送来了一件名牌羊毛衫，米黄色的。接下来的那个冬天，老爷子一直把它穿在身上，直到胸前有了油渍，才恋恋不舍地换掉。

一年冬天，周敏峰突发奇想，从长春空运了一条胖头鱼到宁波，委托宁波的大厨加工，听说光加工的时间就花了好几个小时。完工以后，把鱼盛在一只特大的盘子里，浓浓的汤汁盛在另一只不锈钢桶里，鱼身上裹上厚厚的锡纸，着专人从宁波送到象山。车子出发后，他还特意打了个电话，叮嘱父母："爸，妈，要多吃鱼头，鱼头比鱼肉好吃。"

周晓峰与国外客户在一起

　　那鱼足有一米长。那一天，周辞美很开心，情绪高涨地喊了十个人来吃这条鱼。来宾们第一次见到这么大的鱼，都说稀奇，赞扬着周敏峰的孝顺。尽管烧得很入味，但也只消灭了半条。

　　没想到只隔了两天，周敏峰又送来一条。赖彩绒直喊："我们真的吃不了。"旁边的周辞美则开心地笑着说："敏峰怎么这么有趣？"

　　周辞美喜欢走路，每天一万步是底线，这一良好的习惯已经坚持了十多年。不管是三伏盛夏，还是数九寒冬，从不间断。

　　很多时候，他喜欢一边走路一边听音频。比如说，星云大师讲《心经》、《百家讲坛》、广播剧《平凡的世界》等。

　　前几年，为家庭操劳了一辈子的赖彩绒，感觉视力明显下降，每当夜幕降临，眼前就像罩着两团雾，怀疑是得了白内障。上医院一检查，果然如此。但她胆子小，做手术有些担心。于是，敏峰就安排她去香港的医院。从预约检查、手术到复查，前后需要去三次，两只眼睛还不能同时做。考虑到赖彩绒年龄大了，独自去让人难以放心，赖彩绒前后共去了六次香港，每一次去，不是敏峰陪同，就是晓峰夫妇陪同，而敏峰的夫人——春儿，更是每次都在，鞍前马后的，从未有半句怨言。

2018年3月，一家人约定去祖国的宝岛台湾游玩。由于雨天路滑，赖彩绒不慎摔了一跤，手腕处微微骨裂，在台湾的医院简单医治了一下，便匆匆返回象山。本以为只需静养几天就没事了，没想到仅仅过了两天，背部就疼了起来，坐也不行，躺也不是，只得送入宁波六院。检查结果发现腰椎处也有一节骨裂，需要动一个小手术。

那段时间，周辞美每天都去宁波，白天抽不出时间，就晚上去。进入病房后，就搬把小椅子坐在赖彩绒的床边，一面握着赖彩绒的一只手，一面有一搭没一搭地陪着她聊天。安安稳稳的，一坐就是一两个小时，然后再告别回象山。

每一次，我都看到敏峰两口子。当时，我就在心里想，虽说他们家在宁波，但每个晚上都来，也实在难为他们了。况且，过几天就是敏峰长春的华友开元名都酒店开业的日子，他一定有许许多多的事情需要处理。

赖彩绒动手术的那个早晨，一大家子都到了。周辞美、周敏峰、春儿、周晓峰、张松梅也早早地从上海赶了过来，加上一大帮亲戚朋友，手术等候室里基本上全是周家的人。

事后，我竖起拇指，悄悄地对周辞美说："董事长，你看你与老板娘，儿子孝顺没话可说，连儿媳妇都如此孝顺，真幸福。"

周辞美瞟了一眼我的拇指："一家人嘛，有什么可说的。"

2019年11月5日，赖彩绒在日本东京的一家医院做了一个小手术，手术很成功，定于11日复查，14日回国。周辞美及两个儿子又是悉心照顾，然而因为有事，兄弟俩7日回到了国内，随后晓峰去了德国。没想到，到了12日，周敏峰又飞赴日本。爸爸妈妈在电话里曾对他说："你忙，你不用来的，我们没事，你就放心吧。"但他就是不放心，执意要去。他说，两个七老八十的人，他不去接不放心。

对于许多人来说，周辞美就像是一个谜，一个散发着耀眼光芒的谜。他们敬佩周辞美，赞赏周敏峰和周晓峰，在他们所认识的企业家内，似乎还没有人比周辞美更出色，也没有像敏峰与晓峰这样高度的"接班人"。

2018年6月2日，华众控股旗下长春华友开元名都酒店开业

于是，有许多人跑去请教周辞美，尤其是那些办企业的，毕竟这也是他们迟早要遇到的问题。他们问："周董啊，您是如何培养出两个如此优秀的儿子的呢？有没有什么诀窍？"

对此，周辞美总是慢悠悠地对他们说："没有诀窍，如果硬说有诀窍的话，那就是'放手'。"

放手！

多么简单的两个字！然而，做起来却是如此困难，能够真正做到的人更是寥寥无几。

"每对父母都爱自己的孩子，这世上恐怕还找不出不爱自己孩子的父母，这是天性，无可厚非。"周辞美郑重地说，"问题就在于成长的过程中，让孩子们去经历些风雨，经历些磨难，并不一定是件坏事，总比一辈子躲在父母的庇护下来得强。现在的许多家长都恨不得替孩子考虑好一切，准备好一切，舍不得自己的孩子吃一点点苦。其实，这不是爱孩子，只是在培养巨婴。"

随后，他两手一摊，又继续说：

"这个世界是个并不完美的世界，免不了尔虞我诈，钩心斗角，充满了谎言。人的一生总是要经历风风雨雨，摔倒了，自己爬起来就是，实在起不来，就伸出手，扶他一下。尤其是年轻人，犯些错误很正常。年轻，本来就是容易犯错的年龄。成功了，固然是好事，但有时候，一次失败的经历或许比成功更有价值。失败是另一种成功。没有哪一个父母能陪伴着自己的孩子走完一辈子，这是生命规律，谁也改变不了。既然放手是迟早的事，为什么不早些放手，让他们多一些历练呢？"

由此可见，周辞美对这个问题早就深思熟虑过了。

放手与包容，也许这就是父亲的情怀和爱。

放手，并不是不闻不问，那叫漠不关心。包容，也并不意味着没有底线，那就成了溺爱。在周辞美的两个儿子未出道之前，他对他们的要求是很严格的，甚至可以用苛刻来形容。

两个儿子，每一个都必须从最基层干起。长子敏峰就不用说了，1989年大学毕业以后，很长一段时间都待在一线。先在模具车间学习模具制造技术，一步步做到车间副主任、主任，公司副总、总经理。华众成立后，周辞美把所有的公司和资金全都给了他，让他独自闯荡天下。

次子周晓峰离开邮电局后，一开始担任销售工作，重走他父亲当年走过的路。等到积累了一定的经验和人脉后，周辞美给了他一个正在研发的项目——桑塔纳轿车的刹车油壶，让他自己组建团队，又借给他100万。这个项目周辞美自己已经研发了三年，接近成功。在交给他时，周辞美信誓旦旦地对晓峰说："一旦这个项目成功了，晓峰，你也就发财了。"

一年以后，当周晓峰按捺不住心中的激动，迫不及待地向他的老爸宣布刹车油壶研发成功时，周辞美却只是淡淡地回应了一句："我知道了。"

但在那个晚上，他喝醉了，嘟哝了一夜，说的全是敏峰与晓峰的往事。

1997年，周晓峰的华翔电子终于成为世界汽车巨头——美国通用公司的供应商时，他再一次兴高采烈地第一时间告诉了他的父亲。

"好。"周辞美还是淡淡地回应道。

这一次，他再次喝高，居然哼了一夜的歌。

他酒量好，精力又充沛得惊人，一两瓶红酒根本不在话下。

他是因为开心！

他知道，此时此刻，眼前的周晓峰已经长大，已经成熟，完全可以独自面对外面纷繁的世界了。

有人说：父爱如山。但周辞美对两个儿子的爱，当面却鲜有表露，只是每当与他人谈论时，他的目光就会陡然闪亮，脸上流露出亲切和蔼的笑容。

那是作为父亲不同寻常的骄傲与自豪。

就像歌曲《父子》里所唱的：

> 我心里有满满的爱，
>
> 可是说不出，
>
> 只能望着你远去的脚步，
>
> 给你我的祝福。
>
> ……

或许，正是周辞美拥有这样深厚的情怀和爱，敏峰与晓峰才会如此出色，华翔集团才会在象山工业领域里一枝独秀。

举两个例子。

1994 年，在邮电局工作的周晓峰想要辞职，他把自己的想法先跟母亲商量，但赖彩绒反对，而且态度坚决。晓峰也知道他妈妈反对的理由，她是害怕，害怕政策什么时候会发生变化。在她的观念里，做什么都比不上捧着铁饭碗来得牢靠。况且，那几年邮电局的待遇是各行各业中数一数二的。

于是，周晓峰只好去找老爸。他对老爸说："爸，我要辞职。"

周辞美并不惊讶，他停下手中的活，回过头对晓峰说："你决定了？"

"我决定了。"

"这事跟你妈说了吗？她什么意见？"

"老妈不同意。"

周辞美低下头，想了几秒钟，对晓峰说："这样吧，晚上我们开个家庭会议，表决通过，民主些。"

到了晚上，家庭会议如期召开。不过，只有三个人，缺少了敏峰，赖彩绒估计周辞美想要作弊，就对他说："不是家庭会议吗？要不，也通知一下敏峰？"

"不用了，敏峰他忙，这段时间公司的事情多，他连喘口气的工夫都没有，这么小的会议他就不用参加了，我们三个足够了。"

赖彩绒本来还想说些什么，但见到自己的丈夫这么说，只得把到了嘴边的话重新咽了回去。

表决的结果不言自明，一票反对，两票赞成。

赖彩绒对这结果提出了抗议。

周辞美转头看了看赖彩绒，又看了看周晓峰，狡黠地笑了笑，然后说："我跟你既然是一票对一票，那么，去留问题就由晓峰自己表决。"

听到老爸的话，周晓峰立即举起了他的右手。

"我决定辞职。"他说。

还有一次，周辞美与赖彩绒正陪同客户在普陀山游玩，下午三四点的时候，电话响了。

是晓峰。

电话里的晓峰兴高采烈地告诉父亲，他今天结婚，仪式非常简单，只在东谷湖宾馆摆了两桌，最要好的朋友参加，所以，也就没有通知父母。

一开始，周辞美相当生气。他对周晓峰埋怨道："结婚这么大的事，事先不跟父母商量，那你现在通知是什么意思？我们现在人在佛顶山，四周碧海茫茫，哪怕有飞机也赶不回来。"

但转念一想，他就明白了周晓峰的良苦用心。如果提前告知父母，这个婚事怎么办？办多大？需要邀请多少人？中国人讲究礼尚往来，那几年，周辞美早就跨入了富豪行列，声名鹊起。他又一直居住在西周，乡里乡亲的，非亲即故，红事白事，这些年随出的礼自然不在少数。现在，周晓峰这么一搞，婚礼虽然简朴了些，但诸如此类的麻烦却通通可以省略，岂非好事一桩？

复杂的事情简单化，这本是企业家走向成功的一条路径。像周晓峰这样，恐怕会被看作是不可思议的另类，但开明的周辞美却反而解读出了儿子体谅父母的初衷。

事后，周辞美还把周晓峰大大表扬了一通，忍不住再次总结道："结婚就是结婚，孩子们喜欢哪种方式，由他们决定。只要他们恩爱幸福，形式都是次要的，做父母的没必要干涉。"

思维不同，认识不同，解读角度不同，对同一事情往往会有截然不同的态度。

成立集团公司以后，三分天下，周辞美对两个儿子的工作，也跟他对待周晓峰的婚礼一样，几乎不干涉，他最多只是一个顾问，有时候甚至连顾问都算不上。他总是说："年轻人要自己学会走路，走自己的路，如果父母担心孩子会跌倒，那就只能让他永远地趴在地上。这不是爱，是扼杀。"

"看问题要看它的本质，不被表面现象所迷惑。尤其是我们搞企业的，更要小心、小心，再小心，你的企业昨天不倒，今天不倒，并不意味着明天它不会倒。只要一个不小心，它就开始垮了，严重的甚至会要了你的命。这不是危言耸听，不是吗？"他抬起头来，反问道。

如果从改革开放那一年算起，第一代创业者基本都上了年纪，到了或已经过了退休的年龄，学识、体力、精力、思维等可能都已跟不上这日新月异的脚步，有的企业家甚至连电脑都不会操作。而他们的儿子或者女儿已长大成人，正处于年富力强的黄金时期，不管愿意与否，接班问题自然就被提到了这些企业家的议事日程上。

对此，著名主持人白岩松曾有个形象的说法，他说："人到六十，你手上拿的蜡烛，哪怕是火炬，都该交到年轻人手里了。"

2008年，浙江有关机构公布的一项调查显示，全省数十万家民营企业中，80%是家族企业，而家族企业中已有80%以上面临接班人问题。在回答"当前面临最大的困难是什么"选项时，有77%的民营企业主承认，最严峻的是如何选择掌门人。

红旗不倒，江山代传。这当然是老一辈对下一代最殷切的期望，也完全符合世世代代中国人的情感理念。

但问题是怎么传？由谁来接？能力如何？能否胜任？两代人之间的差异性在哪里，又有多大？各自的优点与特长又是什么？接班之后，企业将会往哪个方向发展？是传承还是另辟蹊径？壮大还是缩小？还有，老一辈离开这个舞台后的不适与焦虑，对下一代的期望值等等，都必须做出明确的选择。

对于绝大多数辛苦创业，目睹着自己的企业一寸寸壮大的第一代开拓者来说，这样的决定是很痛苦的，绝不亚于一场全力的挣扎，一次思想的解放。

这里面倾注了他们所有的情感和心血。

于是，社会上就出现了对民营企业"富二代""接班人"等的大讨论。

宁波方太厨具有限公司董事长茅理翔，甚至还别出心裁地创办了一所学校，叫"宁波家业长青民企接班人专修学校"。2007年5月15日，在慈溪市委党校的一间会议室里举办了一场正儿八经的"开学典礼"。

只是，理论毕竟只是理论，不落地就永远是在纸上谈兵。

这是一个现实得近乎残酷的问题，没有办法逃避的问题。一面是血浓于水的伦理与情感，另一面是诸多的顾虑与不确定。为此，也就成了许多民营企业家最敏感、最为头疼的问题，而且这个问题还因为涉及家事，有的甚至连个说真话、做参谋的人都难以找到。

但对周辞美来说，那个折磨人、令众多企业家操碎了心的接班人问题，却已经是一个不需要再操心的问题。因为，早在二十多年前的1996年，他就已经非常顺利并且十分妥帖地解决了这一问题，秉持的是他自己一向推崇奉行的公平、公正、客观、公开的原则。

对老爷子的安排，兄弟俩谁也没有多余的想法。

那一年，周辞美56岁，正打算退休，然后想建造一座华翔山庄。

他把华翔集团一分为三：把所有已在经营的公司打包给了长子敏峰；

给了刚从邮电局出来的周晓峰一个华翔电子的壳和上海大众的刹车油壶项目；自己则担任集团公司董事局主席。

为什么要这么分？周辞美当初的想法很简单。他说："我知道，不在同一直线上的三点，构成一个平面。几何学告诉我们，世界上最简单，也最稳固的图形是三角形。我的出发点很简单，就是我们三个人三块事业，等于建起了三道防火墙。如果能共同发展，当然是求之不得的好事。如果走着走着，其中一方有问题了，另外两方还能帮一把，不至于全部沦陷。"

在外人看来，周辞美给两个儿子的分配方式似乎有些不近情理，但他却不以为然。

"如果你儿子足够优秀，就算没有公司，也会创造出公司。如果你儿子不过尔尔，就算给了公司也会变成没有公司。"他说。

这话怎么听都有点像清代名臣林则徐的那条家训。

从此，华翔集团呈现的是一个三足鼎立的局面，父亲一块，大儿子一块，小儿子又一块，从事的基本都是汽车零配件的行业。只不过，大儿子略微偏重于模具开发及制造。

周辞美把集团的这种状态戏称为"联邦制"。

名义上，周辞美对两个儿子拥有领导权，但实际上他们是独立的，完全拥有各自的自主权。

"我干涉他们干什么？我不搞长臂管辖。他们都已长大了，有自己的主张，走自己的路。我就管理好自己的那一摊，乐得逍遥自在。"

但有时候，他也会凭着经验提醒几句，但只是提醒。比如说，对华翔电子久而未决的德国企业亏损问题，周辞美就不止一次向周晓峰提出过这样的忠告：

"晓峰，要彻底解决问题，你必须让自己沉下去，沉到最基层。每一次去德国，切不可简单地游走一圈，听一下管理层的汇报草草了事，搞形式主义。"

周辞美平生最痛恨形式主义，在他看来，形式主义与市场经济格格不入，甚至是市场经济的敌人。民营企业遵循的就是市场规律，如果搞形式，尚未出生，恐怕就已经死了。

相比"富二代"这个多少有些贬义的称谓，周晓峰更愿意把自己定位为"创二代"的角色，他说："我们这一代人并不只想停留在老爸们给予的平台上，我们需要与他们有所不同，展示另一个更高的平台，所以我更喜欢'创二代'这个名词。"

"当然，我老爸他们那一代人的身上有着很多的闪光点，我们必须继承。"他继续说。

"那你最佩服你老爸哪一点?"

他低头思索了一下，说："工作干劲与魄力。"

几年以前的一个夏天，笔者作为电视台的一名编导，想要制作一部反映两代企业家共同奋斗故事的纪录片，曾经对周晓峰进行过一次采访。采访的地点就在周晓峰位于浦东家中的阳光房里。

"有人曾经说过这样一句话，对于第一代企业家来说，诚信和勤奋是创业最重要的要素，但对像你们这样的后一代企业家，创新、资源整合和速度是重要的。对此，你怎样理解?"

"我老爸那一代人肯定有许多优点，值得我们继承与弘扬，尤其是在精神和企业文化层面的东西，绝不能丢弃。所以，你能看到，我与我哥的每一个厂区都有'实干兴业，荣辱与共'这八个大字。我想，这八个字凝结着我老爸的全部心血，必须作为我们华翔的精神脊梁传承下去。但是，我们现在所处的时代与我爸当初的时代又有很大的不同，现在这个时代，只靠勤奋与魄力可能并不能解决所有问题。换句话说，勤劳不一定能够致富。就拿我们所从事的汽车零部件行业来说，它更新换代的速度更快，科技含量更高，竞争更加激烈。这就需要我们有更高的起点、更广阔的视野，不断地去创新，去研发，去做强，做精。只有创新，才能占领更大的市场，才能使一个企业在竞争中立于不败之地。我们有一个研发中心，坐落在宁波的洪塘，那儿有个华翔工业园区，原来安置了五家企业，短短几年，发展到了九家。材质轻量化——竹纤维的研发就是在那儿进行的，我们已经研发了五年，投入了很多资金。我们不敢松懈，也无法松懈，一旦松懈或者感到自我满足，用不了多长时间，就会远远地落后于别人。"周晓峰洋洋洒洒，平静而又坚毅地说。

这家伙的口才怎么跟他老爸一模一样？我一边暗自惊讶，一边继续问道：

"把心弦绷得这么紧，不累吗？"

话一出口，我就感觉到这是个蠢问题。

果然，周晓峰也感觉到了我这个提问者的幼稚，他笑盈盈地瞟了我一眼。

"累，是肯定的，但内心却充实。所以，当累过以后，你就会有满满的获得感和成就感，品尝到丰硕和甜蜜。因为这是你自己的事业，你只能坚持着一路走下去。"

或许是面对媒体的次数多了，周晓峰的回答已是四平八稳和中规中矩，俨然一个老手，挑不出破绽。

守业有责。在周晓峰这么说的时候，我再一次想到了这么一个词语，同时也陡然感受到了他肩膀上沉甸甸的重量。

一般来说，一位企业家肩膀上的责任总是与他的企业规模成正比。企业越大，他的担子就越重，社会责任就越大，人们对他的期望也越大。周晓峰的责任不仅仅因为他的老爸、他的家庭，还有他的股东，以及许许多多信任他、信任华翔的人。

当然也包括周晓峰自己的人生理想以及人生价值。

但周晓峰也是人，别看他现在年轻，身体棒，但事务多，应酬多，也会有困惑、有迷惘、感到累、感到烦、需要释放压力的时候。有一段时间，周晓峰常常喝醉，为此，他老妈很担忧，数次在电话里，或者是叮嘱儿媳张松梅："叫晓峰别多喝，喝醉了对身体不好。"

还有一次，在华翔国际酒店吃完饭后，我与周辞美坐在庭院里。深秋的夜晚，这里是一个纳凉的好地方。我们的面前摆放着两杯茶，我与他有一搭没一搭地说着话。周晓峰进来了，他明显喝得有点高，摇摇晃晃的，坐下以后"咕咕叨叨"不停地说话，刚开始的时候，还有些条理，后来我们就听不懂他在说什么了。平时不怎么抽烟的他，这时候想要抽烟了，但每一支只吸了几口，就被他摁灭在烟灰缸里，接着又点上一支新的。

于是，他老爸就对他说："晓峰，你醉了，先去睡觉，有什么事明天再说。"

后来听说，第二天周辞美问他前一天晚上想说什么时，周晓峰摸摸脑袋，笑嘻嘻地说："全忘光了。"

也许，何以解忧？唯有杜康。我当时想。

我望了望周晓峰并不宽厚的肩膀，脑海里竟一下子浮现出深秋季节，天空中掠过的一队队雁阵。它们纪律严明、整齐划一，在领头雁的带领下，呈"人"字形飞翔在蓝天白云下。

周晓峰举起茶杯，喝了口茶，放下，又继续说："当然，作为一个企业，诚信是任何时候都必须坚持的一个东西，失去它，就等于丧失了底线，你就等着四处碰壁。"

他抬起头，扫了眼四周，突然又恢复了平素的漫不经心，压低了声音笑嘻嘻地对我说："其实，我老爸还有一个优点，只是我没学会。"

他说得有些神秘，甚至有些调皮。

"那是什么？"

"骂人呀。"他不假思索地回答。

"这也算优点？"我在内心里"哼"了一声，但没有把它从鼻孔里发出来。

阳光透过巨大的落地玻璃窗，暖暖地投射在我们的身上，形成斑驳的光点。院子里，一棵长满果实的香泡树茂盛地伸展着枝叶。我们的前面是三杯茶、几个果盆、一个烟灰缸。我坐在他的对面。由于出发去上海前，我与周辞美曾说起过此行的目的，所以，在我与周晓峰交谈的时候，周辞美故意回避了一下。

"我老爸骂人可厉害了，可以一连半个小时不停歇。拨通电话，劈头盖脸一通骂。放下电话后，想想觉得还不解恨，于是重新拨过去，又是一通狂轰滥炸，我却怎么都学不会。有时候，我也很想骂人，提起电话，竟一句都骂不出来。后来想了很久，才终于想明白了，那是因为老爸的语文比我好，词汇量比我丰富。"

说完之后，他摊了摊手，哈哈大笑。

我也哈哈大笑。

周晓峰骨子里刚强无比，外表却宽厚儒雅，这一点他更多的是继承了他母亲的秉性。他的母亲一辈子都没骂过人，即使受了委屈，也都是独自向隅，暗中消化。在这一点上，他的哥哥周敏峰更接近于他的爸爸。

另外，对于老爸的骂功，周晓峰可能忽视了一点：其实，骂人几乎是老一辈创业者共同的特点。

究其原因，无非两点：

一是老一辈创业者一切从零起步，靠着自己的打拼一步步成长壮大，其中所付出的心血和品尝的酸甜苦辣，只有自己才能体会。他们大都出身草莽，性格急躁耿直，有什么就说什么。一旦急了火了，自然需要有一个宣泄的通道。当然，也不排除是一种策略，毕竟骂下属也是树立威严的手段之一。

二是粗放型管理。创业之初，规章制度不健全，一切皆靠"人治"，不像现在的企业，现代化程度高，管理先进精细，制度型。5S、6S 已是普遍模式，做错了事，哪一条哪一项，可以逐条对应，处罚措施一目了然。

我本来还想告诉周晓峰，他老爸骂人一般是在酒后，或者是在他心里烦恼、对事情的起因不全了解的时候，一旦当他得知自己骂错了，或者了解了事情的全过程后，他立即就会主动与对方打招呼和好。

但当我抬起头来，看到他一脸漫不经心的表情时，我放弃了。

那一刻，我突然感觉到，我喜欢这样的周晓峰，可亲可近，充满活力，又无所忌讳的周晓峰。

2018年，中国到了改革开放四十周年之际，政府层面的活动特别多。

11月11日，周辞美赴杭州参加"纪念改革开放40周年暨2018浙商（秋季）论坛"，领回了一块"功勋浙商"的奖牌。与周辞美同时获奖的有王均豪、李书福、汪力成、陈励君等10位民营企业家。

仅仅过了五天的11月16日，周辞美又赴宁波参加"宁波帮·帮宁波"——纪念改革开放四十周年的大会。这一次，他又获得了"卓越甬商"的奖牌，与他同时获奖的还有他的老朋友——赖振元。

早在2018年4月12日，周辞美作为老一代企业家的杰出代表，赴宁波出席宁波市民营企业家2018年会暨向老一代企业家致敬典礼。

那一天，周辞美西装革履，心情也像天空一样，瓦蓝透亮。活动开始前一个小时，他就从象山赶到了宁波市区的活动现场，体现了宁波老一代企业家们的自律精神和品格。

典礼中有一个以沙发座谈的形式展开的"新老企业家对话"环节，是整场活动的亮点，非常精彩。现将部分"对话"实录如下：

孙琪(沙发座谈主持人)：

我是浙江万里学院商学院副院长孙琪，非常荣幸担任本次对话的主持人。

改革开放四十年，创造了一个又一个企业的崛起，也催生了一批又一批的企业家。今天我们邀请了4位企业家上台，开展新老两代企业家的对话。首先，请允许我对企业家做一个简单介绍。第一位，是被很多企业家称为"伟大企业家"的周辞美先生，他从小山村起步，把华翔做成了这个行业和海外兼并的宁波典范。

首先请问周老总，您在改革开放中一路走来，从不名一文、怀着梦想的农民，到跻身"中国企业改革十大风云人物"。上次我们拜访周总时，周总给我们印象最深刻的一句话是：华翔与改革开放一路同行。我想请问周总：改革开放带给您最大的动力是什么？如果要对改革开放四十年说一句心里话，您最想说的是什么？

周辞美：我只有一句话，没有改革开放，就没有民营企业。没有改革开放，就没有华翔的今天。华翔的春天就是1978年。

主持人：四十年，就是两代人。从某种意义上讲，事业最难的不是创，而是传承。不仅是物质财富的传承，更重要的是精神财富的传承。接下来，我想就这个话题问问各位，首先还是请教周老总。请问周老总，记得在我们走访中，您提到将集团"三分天下"后，是两位小周总作为企业的接班人造就了华翔的新一轮发展，华翔顺利的传承让我们对您和您的企业更加心生敬意。您认为企业传承成功最重要的经验是什么？有没有秘诀传授？

周辞美：去年华翔大概做了250个亿，每年大概增长15%左右，但是企业发展的主要作用是我的两个儿子，我已经76岁了，我是个与胡锦涛、温家宝同年的人，属马。但是我自己还没有全退，现在主要靠两个儿子在发展。有时候，我问儿子，我们现在有多少工厂啊？他们说，爸爸，我们有100多个工厂了。我们的工厂遍布欧洲、美洲的许多国家，这些国家很多地方都有我们的工厂，我让他们自己去发展了。十六年前，在我60岁的时候，已经叫他们自己来管厂，你们要自己管厂，自己要犯错误，自己去迎接风浪。慢慢地，慢慢地，他们自己就做起来了。所以，我现在日子也很好过,他们做得好我也高兴,做得不好我还要监督他们,所以,这是我最满意的事情。他们都在各自发展,我小儿子在深圳上市,大儿子在香港上市,而且他们很团结。我们合起来叫作华翔集团,分开来我们是三支队伍,我的队伍最小,快要被他们收购了。

主持人:人生其实就是不断地打分,为自己,也为别人。如果可以有一个分数,如果满分是100分的话,请问周老总,您为自己几十年的创业打多少分,为已经接班或正在接班的传承者打多少分?

周辞美:我先打,我为自己打99分,我感到满足了。为什么呢?我从3000元钱起家,去年我做了250亿,宁波就交了10多亿的税,还不错了,我感到满足。对我的两个儿子我都打80分,他们工作做得比我好,但他们的路很长,他们比我要更小心,要更努力,要更勇于迎接风浪。

第九章
向周辞美同志学习

有时候，我自己也觉得自己确实了不起。

——周辞美

在许多人看来，周辞美的成就在于华翔集团，他的贡献在于创造了社会财富，但在我看来，周辞美最大的贡献在于，他让许许多多在创业这条道上拼搏的人看到了希望和未来。

2013年3月26日，为了表彰周辞美、赖振元及卢国平这三位象山大地上杰出的企业家代表，中共象山县委做出了一个决定，号召全县上下向这三位企业家学习，学习他们的创业创新精神。决定以红头文件的形式发放全县。

这在象山县历史上尚属首次，也是党和政府尊重企业家，重视实体经济、民营经济的一个例证。

一时间，全县的宣传机构发动了起来，象山电视台新闻频道、专题频道、《今日象山》、象山港网站、微信公众号平台"象山发布"等都纷纷推出了周辞美、赖振元、卢国平这三位优秀企业家的专题报道。《今日象山》的记者方子龙和郑丹凤更是挑灯夜战，以长篇通讯《"马"不停蹄驰骋五洲——记华翔集团董事局主席周辞美》进行了整版报道。

那段日子，周辞美太忙了，忙于应对各路记者，忙于应对各单位、各部门的讲课邀请。他是一个热情豪爽的人，从不怕烦，又喜欢热闹，所以，采访或者邀请一般都不会拒绝。方子龙和郑丹凤在通讯的"采访手记"里曾经这样写道："企业家，作为社会精英，一般给人的印象是财大气粗、精于处世、能言善辩，甚至还会端点架子。然而，在与华翔集团掌舵人周辞美的多次接触中，这几点却在他身上看不出来；相反，爽直、谦谨、亲切，几乎可以成为'周氏风格'的关键词。"

对于记者的到来，周辞美就像是接待老朋友，尤其是近二十年，随着采访次数的增多，许多记者都成了他的老朋友。在他办公室里，大家随意喝茶、吃果子、嗑瓜子、拉家常，毫无拘束。提什么问题，他总是坦诚回答，不保留、不掩饰……从他朴实的语言中，能够深深地体会到他身上流露出的一种独特的生命魅力——敢打敢拼、坚毅执着、豁达睿智。

在我的印象里，周辞美或许是我所见过的最有智慧的人之一。他性格鲜明，既有商界精英的老谋深算，又有孩子般的干脆与直接。他思维活跃，视野开阔，做事老到，有着丰富的市场操作经验与人生阅历。他这一路走来，积攒了满身的故事，口才又好，讲话从来不用稿子，也几乎没有什么问题能难得住他。尤其在心情舒畅的时候，谈笑风生，引经据典，结合时事，滔滔而言，颇有稳操胜券的儒将风范。

县委倡导向三位企业家学习以后，有一次，周辞美被时任象山县委书记李关定请上了全县干部大会的演讲台，面对全县干部，进行了一次声情并茂的演讲。也正是那次讲演，让700多位与会者对他刮目相看，认识了他风趣、幽默的一面。

这可能是周辞美商业人生中一次无懈可击的完美演讲。他以讲故事的形式，结合自己打造华翔集团过程中三个重要的节点，绘声绘色地讲述了近一个小时，最后以"小小地球村，大大象山县"一句寓意深刻的结束语戛然而止。

全场响起19次热烈的掌声，李书记也被他的演讲折服，一次次忘情大笑。周辞美的讲演，与那些冗长空洞的会议讲话相比自然是一股清流。

一时间各乡镇、街道、工商联、商会、新生代企业家俱乐部、女企业家协会、巾帼英雄联谊会等各种协会组织，络绎不绝前来邀请周辞美，希望他能传授经验。

那一年，他就是个明星。

直到2018年，还有人来邀请他。但这一次，周辞美拒绝了。他告诉邀请者："我的故事讲得差不多了，等到有新的进展时，我再讲。"

其实，演讲既是一项脑力活，又是一项体力活，又不能搞个录音机在台上播放。所以，那段日子，周辞美表面上看上去很轻松，很活跃，其实还是蛮拼蛮累的。

有一次，新生代企业家俱乐部的一个会议在象山港国际大酒店举行，其中的一项内容就是请周辞美演讲，计划在下午3点进行。2点左右他就提前到了，去之前还带了100多本《华翔风云录》。他打算每人赠送一册。

新生代们已在开会，我与他坐在休息室里等待。那一天，从来不睡午觉的周辞美居然睡着了，还打起了轻微的呼噜。我知道那些日子他是真累了，便把手机调成了振动模式。

临近3点的时候，他准时醒了，随后便被众星拱月般地簇拥进了会场。一站在主讲台上，我看到他立马就像换了个人，容光焕发，精神抖擞。

这一次，他讲了一个多小时。

接着就是相互交流、拍照、吃饭，闹腾腾地一直延续到晚上近8点。回西周的路上，我抑制不住内心的疑惑问他："今天你好像讲得特别长？"

"是啊，在他们的身上我看到了当年的自己，所以，我尽可能地讲得仔细些。我把我走过的路、获得的经验，能告诉的就告诉他们，只要有一点点可以借鉴，我就心满意足了。"

对于那群意气风发的年轻人，周辞美不仅是一个成功者，更是一个看得见、摸得着、就在身边的榜样，他的演讲当然比照本宣科、口若悬河讲理论的学者更具说服力。

难怪他如此卖力，恨不得把心掏出来，把自己创业路上所遇到的挫折、难题、处理手法，汇成经验总结，原原本本、毫不保留地告诉大家。

当然，其中也包含着一位功成名就的宽厚长者对晚辈的殷切期望和浓情寄托。

"他们就是敏峰、晓峰那一辈人，有的甚至比晓峰还要年轻，都像我的孩子，也都不容易，我不希望他们多走弯路，能指导的就尽量多指导一下。"他常常这样说。

除了演讲中的激励，他有时还深入到需要帮助的企业，与新生代深入交流，尽可能提供更多的帮助。

有一次，一个不算太有交情的年轻企业家慕名拜访周辞美。言谈之中，对方请求周辞美有机会到他的厂里走一趟，替他把把脉。

"发展过程中我遇到瓶颈了。"他坦率地说。

周辞美点点头说："好的。"

其实，那个年轻人内心里也不抱太大希望，以为周辞美这么大的老板只是客气一下，说说而已。但没想到，只隔了两天，他就接到了周辞美的电话，告诉他准备去他的厂里，问他是否方便。

"我今天刚好有空，就想来转转。"他婉转地说。

一年以后，他又去了一次。

我问他为什么这么忙还要去，他淡淡地挥一下手："答应过的事，就应该尽力做到。他们是后来者，年轻。创办一个企业，不是想象的那么简单，稍有不慎，可能满盘皆输，甚至万劫不复。如今这个局面，企业想要发展不容易，能活着就很不错了。他这个企业能活到今天，就表明它还有活力。我去，就希望能给他们这样的年轻企业家提供些经验和建议。"

与陈胜的交往也是他影响年轻一代企业家的一个实例。

陈胜原来在巨鹰集团，后来自己出来单干，在老家爵溪成立了一家宁波谊胜针织有限公司，既当老板，又做销售，二十多年来一直干得不错。对于办企业，他与周辞美有许多观点不谋而合，都认定重视市场是办企业的第一要务。

陈胜擅长销售，注重产品质量。在棉纱行业又浸淫多年，积累了丰富的资源和经验，尤其是与日本人做生意做得很顺。周辞美名下有一家棉纱厂，他觉得自己在棉纱纺织行业尚是个门外汉，经常向陈胜学习，他甚至邀请陈胜去新疆参观他的生产流水线。

但是，陈胜2008年前后也曾遭遇过破产危机。当时受美国次贷危机影响，中国企业的生存环境恶化，许多中小企业面临破产倒闭的厄运。一向精明干练的陈胜，也有点扛不住了。他想筹集一笔资金改造设备，提高竞争力，但是没钱。他又想去江西开办一个分厂，还是没钱。他想向银行贷款，但银行认为爵溪的针织行业已是一块鸡肋，不但不借，还想对陈胜原来的贷款抽贷。那一段时间，陈胜感到压力越来越大，前程也越来越渺茫，就渐渐心灰意冷起来，他想趁自己还没彻底陷进去抽身不干了。正是在那个时候，陈胜认识了周辞美，他向周辞美透露了自己的心境。

周辞美静静地听着陈胜诉说，他知道，每一个深夜啼哭的灵魂都有艰难的过往。他从内心里十分理解陈胜的痛楚，作为一个打拼了半辈子的企业家，他太熟悉这种感受了。对每一位独自打拼的企业家而言，企业就是自己的孩子、自己的生命，如果压力不是太大，走得不是太累，是绝对不会舍弃的——没有人愿意放弃自己的孩子。

每当碰到这种情况，周辞美都很理解和同情。他知道，大浪淘沙，适者生存，办企业，本就是一条充满风险的崎岖小路。看着他们多年的努力付之东流，他也感到锥心的痛。

他决定对陈胜施以援手，但在出手之前，他必须把陈胜的信心重新树立起来。

那么，怎样才能拯救陈胜的信心呢？他在脑子里急速地思索着。

于是，周辞美很平静地问了陈胜一个问题。

"你今年多大？"

"54。"

陈胜回答。他抬起头来，目光瞟向对方，他很奇怪对方为什么会有如此一问。

"你知道我54岁的时候在干什么？"

陈胜摇摇头。

"我告诉你，我54岁的时候也与你今天的想法一样，我想退休了。钱也有了，两个儿子都安排好了，我就打算转移目标，着手建造华翔山庄，从此喝茶聊天，潇潇洒洒地过下半辈子。

"我都这么在干了，但结果呢？

"结果是我快60岁的时候，跑到东北去收购陆平了。直到今天，我都一直没有退，后来干脆连'退休'这两个字都不提了。"

他继续说："你还年轻，比敏峰只大一岁，有活力，也有经验，是办企业的一把好手，这一点我看好你，怎么就轻易说出'退休'这两字呢？"

他顿了顿，双眼直视着对方，随后口气严肃起来："陈胜，我告诉你一句话，民营企业要强大，必须自己靠自己，我从来都不相信神仙皇帝，我只相信我自己。只有自己强大了，你才能挺直腰杆，除此之外，求谁都没用。当然，办企业，困难总是有的，谁都会遇到。今后企业运营中如果碰到资金周转无法克服的时候，你尽管来找我。能帮，我还是会帮的。"

"我听你的。"

在陈胜眼里，周辞美不仅是企业界的翘楚，还是一个值得信赖的前辈。他不仅仅在精神上重塑了陈胜的信心，还毫不犹豫地及时伸出援手，给予切实帮助。

在周辞美的帮助下，陈胜的企业很快起死回生，并焕发出了超常的生命力，一跃成为象山最有发展潜力的针织企业，而且还在江西创办了一家新厂。

再后来，周辞美与陈胜之间的交往更密切了。有一次，我问陈胜：周辞美的话有怎样的魔力，能让你重新鼓起风帆？

他瞅了我一会儿，随后咧开嘴，笑了："不是有魔力，而是从他的身上我认识到，一个将近80岁的人了，还在拼搏，还在进取。而我还不到60岁，就萌生了退却的念头，向现实低了头。这让我羞愧。"

我恍然大悟，暗想：这就是榜样的力量。

持此看法的人并不止陈胜一个。

朱照华，西周镇关山村人，宁波新华泰模塑电器有限公司的法定代表人。十几年前，公司刚开办的时候，年产值只有10多万，如今，已发展成为近3亿的规模企业。他就曾不止一次毫不掩饰地说："周师傅就是我的榜样，近80了，还没停下奋进的步伐，我们就更没有理由不拼搏了。"

在西周，很多办企业的人都把周辞美称呼为周师傅，以示对他的敬重。

还有一次，那是在上海，周辞美碰到了龙元集团的一位副总，象山人，周辞美对他并不是很熟悉。但对方却对周辞美充满了崇敬之情，执意要请客，地点就选在上海滩颇有名气的杜公馆。席间，他不无动情地说了一句同样的话。他说，在象山，他最敬佩的就是周辞美和赖振元，白手起家不说，创造的财富不说，就凭现在，一个80，一个82，依然奋斗在第一线，想想这精神，就令人肃然起敬。

那么，除了坚持不懈的奋斗，我们还能向周辞美学习什么呢？

我想应该是胸襟和担当。

在为巨鹰集团背负十多年的巨额担保上，他一向显得磊落与淡定。"这是我上辈子欠他的，担保得越多，上辈子欠他的就越多。"他常常自我解嘲般地这样说。

新疆的新爵棉纱厂由巨鹰集团创建，后来撑不住了，就由县工投公司和华翔集团接盘，其中周辞美占股50%，工投和巨鹰各占25%。（2021年6月，周辞美又把巨鹰集团的25%购入，变成了占股75%。）为了让它运转起来，周辞美打算分期投入。从购买设备，到购买棉花，再到必需的流动资金，周辞美自己先后拿出了两亿多。因为他清楚，巨鹰没钱，工投公司也没钱，要使企业正常运转，只能由他挺身而出。但如此庞大的资金，也使他感到了很大的压力。

就在第二期生产流水线的开机仪式上，时任象山县人民政府县长黄焕利向周辞美提出了一个想法——对接新疆阿克苏的农发行，进行项目贷款，缓解资金压力。当时许多阿克苏政府官员也在场，此方案立即得到了双方的赞同。

对于周辞美来说，这是一个好消息。2019年12月中旬，新疆农发行派出两名代表赴华翔集团实地考察，顺便收集担保资料。不巧的是，提议发起人黄焕利县长刚刚调任，新来的包县长也才到任不到两天。无奈之下，周辞美就给象山县委书记叶剑鸣打电话。在电话里，他把具体情况简单复述了一遍，然后诚恳地对叶书记说："叶书记，你们县政府只要解决自己的25%的担保问题，其余的75%由我们华翔集团担保。"他说得恳切而坚决。

事后，我问他："你为什么要把巨鹰的25%也揽到自己身上？"

他侧过身，盯着我，严肃地说："什么叫担当？这就是担当。如果我不把它揽过来，巨鹰的25%将无着落，此事也就将一直遥遥无期地拖下去。"

我点着头，似懂非懂。但随后，又豁然开朗。

新爵棉纱厂二期设备购置的是世界上最先进的力达设备。开机以后，纺出来的900余吨棉纱每一批次上都存在着相同的瑕疵。为了解决这个问题，力达兵分两路，一路赴新疆工厂，另一路由高层组成，赴华翔集团总部。

设备当初是由集团副总郑才玉推荐购买的，但她不懂纱，周辞美也不懂，因此，分析会上，周辞美就邀请了懂行的陈胜参加。

分析会上，力达一方尽管没有明显推脱责任，却在竭力强调引发质量问题的其他客观因素。

双方围绕着这个问题争论不休。争着争着，就说到了赔偿问题，而时间则在一分一秒地过去。

最后，周辞美坐不住了，发话了，他敲了下桌子，大声说："别争了，都12点多了，我的意见只有两点，第一，我们购买的是力达的设备，而力达是世界上一流的产品，应该纺出一流的纱，你们应该双方配合，在最短的时间内找出问题的症结，共同解决它。这是当务之急！重中之重！第二，关于损失赔偿问题，解决好质量问题之后，我们有的是时间讨论。"

随后，他还举例说明："我们现在就像一个人生病了，首先应该把病医好，然后才去讨论生病的原因，而不是倒过来。"

"散会。"他一边宣布，一边站起来。

这就是周辞美解决问题的方法，也是个人的胸襟和境界。

在用人和培养年轻人的理念上，周辞美也是值得学习的。

在用人方面，周辞美曾有过这样一个形象的比喻。他说："办企业，归根到底就是用人的问题。人找对了，许多问题都能迎刃而解。老板与管理者之间的关系就是大脑与四肢之间的关系。老板是大脑，是决策者，而管理者则是手足，是执行者。

"一般来说，大脑与四肢需要配合默契，才能协调前进。抛开手足的能力与对大脑的忠诚度不言，大脑对手足也有一个信任度的问题。"

知人善任，用人不疑，疑人不用，这是周辞美一贯的用人策略。

至今，周辞美自己名下还有四家厂：一家在新疆，从事纺纱；一家在辽宁本溪，从事翻砂及汽车曲轴生产；一家在白岩山工业园区，从事汽车零部件的表面处理；还有一家专业生产电力牵引车。这四家企业加起来，年销售额也有十几个亿。新疆厂目前已曙光初现，开始出现了赢利。白岩山马至聪管理的厂，就更不用说了，近3亿的年销售额，还谈下了美国克莱斯勒的一个新业务，又是3亿多。

对这四家厂，周辞美从来不事必躬亲。大事向他汇报，征求他的意见，或者大家坐下来讨论，小事情就由他们自己决定，最多向他打声招呼，真正达到了管而不死、放而不乱的状态。

"我都80了，做不到事事亲力亲为，也不可能亲力亲为。我只管人，就是管他们的头，让他们对我负责。否则，我哪里有这么闲，早就累趴下了。"

确实，很多时候，他是清闲得很。高兴了，各个企业去转转。远的，一年去个一两趟。本地的，多去几次。去了，也是车间里走上一圈，问问销售情况，问问生产情况，顺便鼓动一下士气。

对年轻人，周辞美则更多了一层鼓励，多了一层包容。他总是站在年轻人那一边，给予尽量多的爱护和培养，就像春风春雨，润物无声。因为他知道，年轻人思维活跃，充满了冲劲，同时，也容易犯错。在他看来，越保守的人就越不会犯错。只要本质上不是故意的，带来的后果也不是灾难性的，他基本不会严厉责罚。这世上本就没有一条笔直的通衢大道，做人是如此，做事是如此，成长更是如此。

对年轻人，要批评，更要关心，全力扶持。一棍子打死，这不是周辞美的风格。

对外人是这样，对亲人也是如此。

周舒是周敏峰的女儿，小名舒舒，周辞美的大孙女，爱好音乐，曾经的梦想是成为一名摇滚歌手。为此，走出学校大门后曾做过北漂，也出过一张唱片，但反响沉寂，几乎是零。这才明白音乐的道路不是想象中那么容易走的，一样充满了艰辛。后来，舒舒就被奶奶喊了回来。为了使她安心，培养她，她爷爷就把她安排在劳伦斯工作，一段时日后，担任了质检部门的负责人。

舒舒也听话，只是由于年轻，耳根子软，经不住别人的吹捧。有人对她说，这厂是你爷爷的，你担任着这个部门的负责人，这个部门就应该与其他部门有所不同，至少在工作服上要有明显的区别，也不会花太多钱。

怂恿的次数多了，周舒就觉得对方说得有道理。于是，未经马至聪许可，就为部门私自定制了一套工作服。马至聪得知后，不敢擅自处理，就将此事汇报给了老板。

周辞美的回答很简单，他不让马至聪报销这笔钱，而是叫舒舒自己承担。

但舒舒没钱。

于是，周辞美就对他的孙女说："你可以向我打借条，等到有钱了再还给我。"

"我当然不是要她真的还我钱，我这样做，只是想告诉她，任何错误都要付出代价。"周辞美这样对我说。

后来，舒舒担任了总经理助理，需要独自去英国，这也是她第一次出远门。出门前，她来向爷爷和奶奶告辞，她奶奶不放心，要求派车送她去机场："家里有这么多辆车，干吗非要坐大客车走呢？"

但舒舒还是坚持自己坐大客车走。

她爷爷没有说什么，但当他站在门口，目送着自己的孙女拖着个大箱子一步步离开时，他的内心里感到了一阵欣慰。他知道，经历过一些事情以后，他的孙女开始长大了。

所以周辞美常说："年轻人就应该吃一些苦，多一些挫折，这有利于他们的成长，这样，在今后的发展道路上可以避免一些错误，尤其是致命的错误。"

他甚至还不无担忧地说："周晓峰就没有受过这样的挫折，他的发展太快、太顺了，这可能不是一件好事，应该让他经受一些失败。"

这仅仅是周辞美对待年轻人的态度，在他创立、经营华翔集团这数十年，这样的事例不胜枚举。对于企业管理，他已收发自如，得心应手。他既放手，又集权，既有大目标、大追求，又一切从实际出发，脚踏实地。大气恢宏，又和风细雨。看似简单粗暴，实则心细如发。不玩虚，不玩阴，对待年轻人一视同仁，一生追求脚踏实地、公平公正。

所以，四十年来，周辞美培养了许多人，使很多人得到了锻炼，他们都得益于华翔这个平台，在他严格而又爱护的目光中茁壮成长。

这也许就是年轻人愿意以他为榜样的原因。

当然，这四十年来，也有人离他而去，有的甚至成为最熟悉的陌生人。有的人颂扬他，感恩他；有的人嫉恨他，与他老死不相往来。有的人认为他心硬如铁，冷酷无情；有的人则认为他心软如水，有菩萨心肠，种下玫瑰却也收获了刺。

有情和无情，柔软与坚硬，同时构成了周辞美性格的两面，密不可分。或许，这就是平衡，就是阴阳，就是太极图案，就是人性的丰满和立体。

第十章
从这里再出发

　　对我来说，西周是我的出生地，也是我的归宿地，这是我的宿命，我无法改变。

——周辞美

秋老江南，天地间，无边落木，萧萧而下。

这许多天来，每至傍晚，我都坐在位于墙头镇的新家，这也是周辞美被动开发的一个楼盘，有几年了。说他被动，是指当初开发时周辞美只占20%的股份，但随着时间的流逝，其他几位股东的资金链都出现了断裂，挺不住了，到最后只留下他一个人在苦苦地收拾残局。

离我窗口20米处，就是港湾，以前是一望无际的大米草，密密匝匝，与对面的海山连接在一起。春天的时候，大米草疯狂地生长，占据了整个海涂，青是青，绿是绿，尚可一观。一到秋冬，情况就截然不同，草木枯黄，残枝折尽，随潮而进，又随潮而退，搞得整个海涂一片狼藉。

如今，那儿正在被打造成一个占地100多亩的休闲旅游基地。从窗口望出去，西沪港呈弧形向大海张开了环抱，半月形的海涂上，一条长长的游步道由岸边向港上延伸，一直通向港中央。游步道下，是一根根夯进泥涂里的木桩，整齐得就跟仪仗队一样，露出水面的部分再套上塑料管，封上水泥，以防止海水侵蚀而腐烂。游步道上建有观光与垂钓的平台，尽头处有一座小木屋，名曰"海月楼"，可供游客休憩与喝茶。两边的栏杆上，上下两排，各镶着黄、蓝两种颜色的彩灯，另一面的栏杆上，写着八个大字——华翔西沪港度假村。

十来条小木船漂在港面上，随波轻摇。

白天，远山点点，中间一衣带水，船来船往，无数只白鹭在港面上盘桓飞翔，张开的洁白羽毛在阳光下散发着耀眼的光芒。不远处的象山港大桥，宛如长虹卧波。自大桥通车以后，从象山到宁波的车程就缩短到一小时内。2018年底，连接台州、温州的另一条高速也建成通车。象山一下子热闹了起来，已不再像20世纪80年代那样被看作"闭塞"的代名词。

若是月夜，港景则变得朦朦胧胧，彩灯闪烁，影影绰绰，时浓时淡。港面上披着一层薄薄的白纱，海山宛如漂浮在港面上的天宫。有小船缓缓驶过，船上的渔灯一闪一闪，映照着港面，拖出一道浅浅的倒影。

水如月色，月色如水。

好一条绚丽的斑斓海岸！

若逢涨潮，更有涛声如鼓，一阵阵清脆入耳。

这样的环境，足以让我静下心来思考许多东西。

逝去的2018年，对中国的实体经济来说，确实有点冷。

单就中国汽车市场而言，连续增长了十七年，已毫无悬念地止住脚步，迎来负增长。

中国汽车工业协会的数据显示，2018年10月份，我国汽车销量同比下降13.2%，继7月以来第四个月销量负增长。

汽车工业，这个曾经的民族工业代表、国家支柱产业、消费的晴雨表，面临着库存积压、消费乏力、维权争议不断的困难局面。

难道在中国入世之初，有些人说汽车工业将遭受毁灭性打击的预言将要应验了？

汽车行业是如此，那么，2018年，其他领域的经济状况又如何呢？

情况同样不容乐观，也是山雨欲来风满楼，充满了危机感和不确定性！

股市低迷，债务违约，汇率贬值，银行抽贷，中美贸易战，税务高企不下，房地产泡沫，环保督查一刀切，消费减速，原材料价格上涨……

对于许多从事实体经济的中国民营企业家来说，2018年，是度日如年、难熬的一年。即使是热浪滚滚的夏日，也能感受到瑟瑟寒意。

中国民营企业平均寿命本来就短。据统计，中国每年约有100万家企业倒闭，平均每分钟就有2家！中国8000多万家中小企业，民营企业的平均生命周期只有2.9年，存活5年以上的不到7%，10年以上的不到2%！又哪里经得起2018年超强台风的侵袭！看似平常的场景下，其实正隐藏着一股暗流。

年初，中美贸易战开打，更使许多民营企业雪上加霜。

曾经有人这样总结2018年：这是一个最好的时代，也是一个最坏的时代，焦虑，正成为一种新的状态，经济发展到了十字路口，内忧外患，制造业更是困难重重。对于民营企业的角色、意义，社会上也出现了越来越多的杂音。

定心丸当然还须来自最高层。

当年11月，习近平总书记在北京主持召开民营企业座谈会，并发表重要讲话，向全社会发出了支持民营企业、尊重民营企业家的最强音。

社会对民营企业重要性的认识重新回归到了正确的轨道上。

无须多言，浙江是中国民营企业起步最早、发展最强劲的省份之一。曾几何时，浙江人有钱、浙江人会做生意、浙江到处都是老板的说法像风一样吹遍了大江南北。

春江水暖鸭先知。走在最前列的，也必定最先感知到温度的变化。

其实，对于浙江的民营企业，苦日子早在几年前就已经开始了，2018年只不过是一个集中的爆发点。许多中小企业接连倒下，它们大都死于借贷或银行担保，无法挺过黎明前那段最黑暗的日子。

担保或者联保，绝对是一把双刃剑。经济亢奋的时候，它是一杯补药；经济低迷的时候，则成了一杯毒药。

有人曾经这样阐述过担保或者联保模式：中小企业间互哺式的融资担保曾经催生了浙江民营经济极强的做大效应和财富外溢。然而，经济低迷之时，火烧连营的巨大危害同样会变得一发不可收拾。

周辞美也被拖入其中，深受其害。按理说，他不会涉足担保，他资金足，信誉好，诚信度高，背后又是实力强大的华翔集团。

但坏就坏在他一辈子就居住在象山，人头熟，交往多，名声又大，又是吃软不吃硬的性格。外表看上去高冷，似乎难以接近与沟通，骨子里也是个硬汉，不媚上，不欺下，但其实古道热肠，内心火热。几句好话一说，同情心就嘟嘟地冒了上来。签字！索索索就签下"周辞美"三个字。

每一次见他在担保书或者借款单上签字，负责财务的赖素珍的心就会颤抖一下，紧缩一下，有时候，也会忍不住提醒："老板，你这样签下去，再大的体量也会消瘦。"

"放心，我把握着呢，人家有困难，能帮的就帮一把。"

结果，对方倒闭或者跑路了，银行找到了他。周辞美倒是硬气，二话不说，也就只有一个字——赔。

"把眼镜拿来。"他简短地命令道。

有人很快把一副眼镜递给了他。

他戴上，举起赔款协议书一行行浏览着，不发出一丝声音。由于年龄的缘故，他的眼睛已经老花。

然后，他举起笔，回过头，问对方："是签在这儿吗?"

对方说："是的。"

"那好吧。"他依然淡淡地说。

有一次，一个银行行长见到周辞美在赔款协议书上索索索地签字，就笑着打趣道："周董，我还从没见过赔款签字像你这么爽快的人。"

周辞美合上协议书，放下笔，他也笑着对行长说："如果我不签，你会放过我?"

"那倒也是。"

还有一次，周辞美去了日本，一个外县的执行法官在周辞美的办公室里背着手，闲庭信步地踱了几圈，左瞧瞧，右瞧瞧，然后"呵呵"地笑了起来，说："像你们这样的公司，如果钱要不回来，那我其他地方全都不用收了。"

那几年，他的副总郑国就一刻不停地处理这类事，忙得就跟陀螺似的。

终于挨近了2018年的年关，天气也似比往年冷，阴沉沉的。这段日子，周辞美又开始忙碌了。7日他陪夫人去了趟日本，13日回来，17日又要马不停蹄地赶赴深圳参加劳伦斯表面技术有限公司的董事会，20日回象山。由于中美贸易战，劳伦斯的利润尽管在2018年尚未受到明显影响，但2019年，影响是板上钉钉的事。还得抽出时间去趟本溪，曲轴厂由于订单的持续下滑，已经出现了亏损，得想个法子尽量止损。

至于回来之后，又有许多大大小小的事务、应酬、会议在等着他。日程排得满满的。

他的夫人赖彩绒曾多次提醒他："马上就要77的人了，还不消停。"

他能消停吗？

答案是：不能。

紧接着还得再去一趟日本，陪赖彩绒去日本的医院做一个小手术，他如果不去的话，不放心。墙头镇的华翔西沪港度假村还没完全结顶，海塘完成了，游步道完工了，五套木屋别墅还在搭建，环境与绿化也需要跟上。投资4000余万，箭在弦上的宁波劳伦斯表面技术有限公司第三条生产流水线，他需要重点关注，这是生钱的机器，必须保质按时完成，顺畅运转。为中达建筑公司担保的2000万的案子，已经起诉了，一个基本账户也被封了，需要立即协商和解冻。为富红针织担保的1300万，也是火烧眉毛的事，该赔的赔。其余的倒可以缓一缓。新疆新投资的棉纱厂——现在已经在运转的是一期项目，二期项目如果上的话，要购买16台气流纺纱机，加上其他设施和购买棉花的流动资金，至少还需要一个亿。这是个大决断，只能由他操心和决定。如果投的话，棉纱厂规模扩大了，管理层肯定要重新调整——现在的管理层年龄相对偏大，尤其是至关重要的总经理人选，理应由他考察和决定。

为了新疆的事，这几年他自己多次去新疆。每次来回，坐飞机就得十几个小时，而他的副总郑国，也往返了15趟。现在，一听到新疆，郑国的头皮都发麻。

即使新疆的棉纱厂赢利了，周辞美还是不能歇着，他还需要腾出手，全力解决巨鹰的巨额担保事宜。

中国是一个人情社会，构建这个大厦的基础是伦理与道德。中国人崇尚互相关爱，互相帮助，提倡一方有难，八方支援，有困难，就伸手拉一把。

但如今，一切都在悄悄地变味。

中国人的担保，往往就发生在亲人、朋友与熟人之间。担保了，负连带责任，赔钱，辛辛苦苦挣来的白花花银子，就这样打了水漂。赔不出，也简单，一纸盖着"人民法院"鲜红印章的执行通知书就会出现在你面前，使你成为被执行人。执行房子，执行车子，执行工资，甚至执行养老保险。还会背上"老赖"的标签，被限制高消费，不能坐飞机、坐高铁。总而言之，在你未来的路上，无穷无尽的麻烦正张着血盆大口等着你。

不担保，就说你是无情无义、忘恩负义，说你心如蛇蝎、见死不救，情感上怎么也过不去。伦理、道义、亲情、友情，这一切的一切都将被活生生撕裂殆尽。

从此，这一生再也无法平静。

这是一个两难的选择，比哈姆雷特的那个两难选择还要困难。不管选择哪一项，都会受伤。

要么损失财产，要么损失感情。

这几年，为了担保，周辞美赔了多少钱？

肯定不是一个小数目。

如果换成一个小企业，哪怕再坚挺，也早就趴下多少回了。

但是，周辞美如果这样一路赔下去，那么，四十年来他含辛茹苦创建的华翔这个大厦也将风雨飘摇，摇摇欲坠。

他本可以功成名就，全身而退，享受生活。如今，却被担保弄得焦头烂额。

所以，面对这样的结果，周辞美感到痛苦，感到失望，感到恐惧。

清白了大半辈子，没欠人家一分钱的他，更不想在收官阶段因担保毁了声誉。

开了一辈子的快车，并不是想刹车就能刹车的。

就算一切顺利，处理这一大堆事加起来至少也得五六年的时间。更何况，中间保不定还会出现什么幺蛾子。

到那时，周辞美可是一个超过80岁的老人了，绝大多数人在含饴弄孙，安享晚年了。

面对如此种种的棘手问题，有时候，他也会恶狠狠地骂人，也会口出怨言，想撒手不管。他心里有气，无处可撒。

他是人，不是神。他有情感，有欲望，有想法，有烦恼，也有苦闷，也有苦思冥想、眉头紧锁、唉声叹气的时候。

他烦恼的时候，总是紧绷着脸，一言不发。

放眼望去，他的苦恼又能对谁言？

不管发多大的火，过不了多久，他又和风细雨，说说笑笑，恢复了常态。

解脱了吗？

没有！

每见他这样，我就怀疑，他是把烦恼暂时压在了心底。待到夜深人静时，它就会重新抬起头来。

当然，除了苦恼，恐怕还有孤独。

孤独与寂寞，是盘踞在心头的一条蛇。

有人说：生命中曾经有过的所有灿烂，原来终究都需要用寂寞来偿还。

花间一壶酒，独酌无相亲。

举杯邀明月，对影成三人。

这是李白的《月下独酌》。

对酒当歌，人生几何。

譬如朝露，去日苦多。

慨当以慷，忧思难忘。

何以解忧？唯有杜康。

这是曹操的《短歌行》。

"辞美，多来走走，我也只有跟你才能说说心里话。"

这是周辞美去上海，赖振元常常对他说的那句话。

……

刹那之间，我仿佛理解了他们内心隐秘的情感，理解了所谓高处不胜寒的全部含义。

有一天夜里，周辞美在日本陪同妻子看病，突然给我发来了一条信息。信息的内容很多，但却写得零乱，没有头绪。可见，他是在心境极度压抑的时候写的。那一段时间，他正在为巨鹰的巨额担保绞尽脑汁。

其中有一句这样写道：我很痛苦。

若在平时，周辞美绝不会这样说，更不会在信息里那样写。凝视着这四个字，我就像凝视一枚烧得火红的烙铁，感到心在一阵阵紧缩。

然而，除了理解他的痛苦之外，我又能做些什么？

这个世界上，幸福就像阳光，可以普照，可以分享，唯独孤独却像黑夜，只能独自面对。

他只能把所有问题都扛在肩上，漫漫长夜，独自寻求对策。

人累，心也累。

曾几何时，周辞美的家里，或者办公室里，总有许多人在等着他，像蝴蝶一样绕着他飞来飞去。有找他签字的、要他帮忙的、求他担保的、找他谈合作项目的，有晴天送伞、雨天收伞的银行工作人员，有自诩为古往今来、独步天下的画家、书法家，甚至有巧舌如簧、游走江湖的中医、养生专家。有政府官员，也有平头百姓，有亲戚、有朋友……

在他面前，有人絮絮叨叨，有人大谈情义，有人痛哭流涕，有人赌咒发誓，甚至有人不惜当场下跪……

这里面有多少是诚挚真心，有多少是为利益而来？许多时候，周辞美已不能袒露胸膛，赤诚相待。他需要把自己封闭起来，把自己的眼睛擦得雪亮，把目光变得锋利尖锐，把心磨砺得跟石头一样坚硬。可有时候，他做不到。

于是，难免上当，吃亏。

上当了，只能叹口气，骂几声，怪自己心太软。

除此之外，又能怎样？

所以，他每天都睡得很晚，在地下室的房间里，用电视机的声音把自己折磨得很困，然后才能睡去。

久而久之，竟成了习惯。

在人前，他又必须充当一个硬汉、一个巨人，内心强大，战斗力满格——就像是马山上的毛竹，光明舒展，奋发向上，任尔东西南北风；又像是湍急洪流中傲然屹立的一根石柱，任凭风高浪急，我自岿然不动。

哪怕是在妻子面前，他也不会暴露自己的脆弱。

他会做一个肩膀能扛住山的男人，一个能直面人世间所有苦难的人。

好在周辞美的身体还很棒，眼神依然犀利，思维依然清晰，心态也调整得很好。

更加可贵的是，他的信心依然很足，斗志依然旺盛。

他坚信自己一定能突围。

他是周辞美，他的背后是华翔，是一块经过四十年无数次锤打的好钢、一块金字招牌、一座名声响亮的高山。

四十年来，华翔崛起的道路上遇到过多少的坎坎坷坷，甚至生死存亡。

但哪一次不是化险为夷，最终取得了胜利？

尽管今天的他并不年轻了。

这使我想起了一件事，2017年秋高气爽的一天，周辞美刚从新疆回来。为了巨鹰担保的事，他不得不重新投资，向死而生，尽力想把巨鹰开办在新疆的一家棉纺厂盘活。

有一天，我去拜访他，言谈之时，他给了我一部电子书阅读器，是他在乌鲁木齐转机时购买的。

他递给我的时候，对我说：

"里面有一本书，你应该仔细读读。"

我接过，打开，看到那本书的名字叫《褚时健传》。褚时健是一个家喻户晓、充满传奇色彩的企业家，一生经历了数次的挫折和苦难，可谓命运多舛。一忽儿山顶，一忽儿谷底，数起数落，像坐过山车似的。他13岁参加革命，1957年被打成右派、下放农场，20世纪90年代出任云南玉溪卷烟厂厂长，克服重重困难，大胆创新，撸起袖子改革，硬生生把濒临倒闭的玉溪卷烟厂救了回来，一年上缴利税300多亿，曾被称为"亚洲烟王"。

而他每个月的工资，只有1000多元钱，还不如一天利润零头的零头。

就是这么样的一个人，后来因贪污入狱，判了无期，狱中又经历妻子患病，女儿自杀，人生算是悲惨到了极点。减刑出狱后，76岁时，在自己的家乡承包了2000亩荒山，后来扩展到了10000亩，种植"褚橙"。

有一次，万科的王石去看他。看到漫山遍野的绿苗，王石就问他："什么时候可以收获？"

"四年以后。"

听到这样的回答，王石几乎惊掉了下巴。因为他算了一下，到收获的时候，褚时健整整80了。

几年后，褚橙风靡整个中国。

"褚时健是条真正的汉子。"周辞美感叹道，言语里充满了敬佩，"听说，王石还是他的粉丝。"

我一边点头，一边往后读。

扉页之后，就是万科董事长王石所写的序言，他这样评价褚时健："一个人并不是生来要被打败的，你尽可以把他消灭掉，可就是打不败他。在褚厂长的身上，体现了企业家的精神和尊严。"

我一口气读完了《褚时健传》，合上，心情久久不能平静。

我深受震撼，同时心里不由自主地产生了一种隐隐的感觉：褚时健出狱后，在哀牢山种下第一棵褚橙的年纪是76岁，也许，周辞美也是在76岁（2018年）那个阴云笼罩的秋天，重新收拾行装，从这个生他养他的地方再出发了。

褚时健与周辞美可以说是属于同时代人，两者虽相距甚远，也从无交集，褚时健红得发紫时，周辞美还在那个名叫西周的小渔村里拼搏，事业也才刚刚有点起色，但这并不妨碍两者之间精神上的共鸣，不妨碍他们有诸多共同的特点。

2006年，周辞美参加沈阳—宁波名特优产品展销会

是有什么纽带把他们紧紧相连？

或许，这条纽带的名字就是王石所说的"企业家的精神和尊严"——绝不向命运屈服！

一个战士能够战死沙场，是他最大的愿望。

企业家，就是另一个战场上的战士。

早在一千多年以前，一代枭雄曹操曾用十六个字经典地描述过这种至死不渝的斗志。

"老骥伏枥，志在千里；烈士暮年，壮心不已。"

这其中，可能包括褚时健，也包括周辞美。

在中国，真正的企业家都有令人惊讶的相似一面。所以，王石愿尊褚时健为师，评价他一生都在维护企业家的精神和尊严。

周辞美敬佩褚时健，赞誉他是条汉子。

"我要向井上健学习。"有一天，周辞美坐在副驾驶的位置上，忽然这样感叹道。

井上健是日本井上集团的创始人，已经92岁高龄了，依然很硬朗。他与华翔合作得最早，也最紧密。现在，华翔集团在中国的各个生产基地基本上都挂有井上的牌子，这就是证明。在日本，井上健早就把企业交给了他的女婿，但他依然坚持上班，从东京银座坐新干线到名古屋，一坐就是十多年，几乎不坐小车。

前段日子，周辞美去东京，井上健还特意来看他。一见面就一边说多多关照，一边微微弯下腰去。

与井上健相比，周辞美实在还是个小后生。

"只要五年时间，我就一定能把巨鹰拯救出来。"他信心满满地说。

2006年周辞美赴日本，与日本合作伙伴井上一家合影留念

那么，不愁吃、不愁穿、已逾古稀的周辞美为什么要这么做？

物质、精神、灵魂，有人把一个人的人生追求分为这样三重境界。

周辞美究竟到了哪一重？

我思考了很久，依然说不清楚。

我只知道，对于一个骨头强硬、意志坚强的人来说，任何年龄段都可以抬起头来，仰望星空。

2017年，周辞美虚岁76岁。

就像遥远年代的那位老将廉颇，虽老，尚能饭，提枪上马，只待冲锋的号角吹起。

周辞美也一样，他需要从自己生命的原点——西周，重新出发，驰骋疆场。

第十一章
过尽千帆的释然

我这一生是战斗的一生、风风雨雨的一生。如果人生能够重来，我还是会踏上办厂这条老路。

——周辞美

长亭外，古道边，芳草碧连天。

西边的天空中，残阳似血。

窗外，宽阔的港面上微波荡漾，泛动着金色的光芒。走在游步道上，就像是置身于港面上，行走在波涛之间。

脚下，是"哗哗"的潮水，此起彼落。

隔着港面，凭栏回眺，楼台、玻璃房、形状各异的小木楼，掩映在绿树之间，恍若童话里的仙境。

站在游步道上，我脑子里充塞着周辞美，他思考问题时的专注神情，他高兴或发怒时的形象，他走路时故意夸张的动作——步伐很大，高高抬起，又轻轻放下，我甚至想起他玩牌时，一副牌摊成扇面状的无所谓态度。

他看上去激情四射，如果自己不说，恐怕很多人都猜不准他的真实年龄，至少要比 80 这个数字年轻得多，尤其是在看他做事、听他讲话的时候，"霸气侧漏"，根本感觉不到他真的已是一个 80 岁的人。

"尽管他比我只小两岁，但辞美看上去就比我年轻，也潇洒得多。"

望着周辞美的背影，赖振元就常常这样赞扬他，带着一点点羡慕的口吻。

恍惚之中，有时甚至觉得他比我还要年轻。人到中年的我，常常会产生一股莫名的烦恼或压力，产生一种对生活和未来的窘迫和恐慌。反而在周辞美的身上，我无法找到人到老年的衰败痕迹，尽管岁月的风霜在他的脸上留下了一些无法消除的印记。就像是一座丰碑，他看上去永远是那么从容与自信，喜欢与年轻人在一起，在与年轻人的交流碰撞中，保持思维的活跃与灵敏。喜欢读书，尤其是喜欢读一些时政评论和人文关怀方面的书籍，从而把握经济趋势，拓宽自己的视野和培养独立思考、判断的能力。关心时事，与时俱进。作为一名企业家，关心时事是一门不得松懈的必修课，它就像是天气预报，决定了你出门之前是否需要带伞。

他身上的每一个细胞似乎都燃烧着活力和激情，仓皇与紧张早已不是他的风格。

我记得几年前一个初秋的下午，我与他一起坐在位于鲤龙潭他家门前的走廊上，大门的廊柱上镌刻着一副金灿灿的对联，是他亲自撰写的："昨天、今天、风雨天，天天前进。陆路、水路、荆棘路，路路兴旺。"

尽管似曾相识，但也道出了他的奋斗历程和内心愿景。

我们的面前是两杯茶，热腾腾地冒着热气。

那天下午下雨了，雨下得很大，漫天漫地的，雨滴"哗啦啦"地打在地上，像玻璃珠子一样跳跃着，白花花的雨帘在眼前急速地流动。原本苍翠的马山渐渐隐匿在雨帘之后，耳边是雨水嘈嘈切切落在树叶和草地上的声音。

我们一边喝茶，一边听着雨声聊天，我们聊了很多，也没有一个明确的主题。大多数的时候，是他在说，我在听。他回忆起他的过去、曾经的梦想，回忆到已经成为古董，至今仍安静地展示在华翔档案室里的第一台手扳压机，回忆到他创业之初为了试制一个瓶盖一样简单的产品，三天两夜没有合眼的故事，也回忆到多年以前为北京亚运会生产中英文打字机时，如何挫了一个上海工程师锐气的故事。在讲生产打字机的故事时，他还风趣地给它安上了一个标题——"高傲的工程师"。

有时候，说着说着，他会忽然停下来，喝一口茶，然后，抬头注视一会儿白茫茫的天空，仿佛是这一场豪雨把他拉回了过去。

"坎坷创业路，风雨谁人知？"他忽然吟出了两句诗。

是感叹，还是另有所指？

他不说，我也不问。

后来，雨终于停了，天空澄明，马山也恢复了原来的青翠本色，亭台楼角也渐渐从淅淅沥沥中清晰起来。

我站起来，打算向他告辞。

"有空再来。"他淡淡地说。

他挥挥手，也不做过多的挽留。这使我联想起一位古人的诗句："我欲醉眠卿且去，明朝有意抱琴来。"

我说："好的，有空我一定再来。"

由于视力的关系，以前酷爱看书的周辞美已不大接触纸质媒介，继而喜欢上了电视，尤其是连续剧，碰到爱看的，就一集接一集地看。他喜欢历史剧，以及反映中国改革开放的连续剧，像《康熙大帝》《雍正王朝》《温州一家人》《大江大河》等。每一次出远门，他都会叫办公室主任杨仲湘把它们下载到电脑里，以便晚上观看。

在这些片子里，他常常能够找到自己的影子。

有时候，看着看着，他会不知不觉地沉沉睡去，但一会儿之后，又突然醒了。睁开眼，先是左右扫视一圈，又瞄上几眼还在继续播放的电视剧，然后举手往沙发扶手上响亮一拍。

"嗯，好看。"他大声吆喝道。

每当这个时候，我们都会暗暗地笑。

对于那些凭空想象、仙气、鬼气徘徊飘荡的电视剧，周辞美觉得连看一眼都会感到恶心。

有一次，吃午饭时，老夫妻俩聊着聊着，就聊起了《温州一家人》。赖彩绒深有体会地说："我们也是这样走出来的，其实比那个周万顺与赵银花还要艰难。"

赖彩绒记性很好，有时候比周辞美还要好。所以，她能准确地说出两位主角的名字。

见此，周辞美歪过头，不失时机地问道："这叫什么，你知道吗?"

赖彩绒摇着头："我不知道，你知道?"

"我当然知道。"周辞美哈哈一笑，"这叫艺术，不过，生活永远大于艺术。"

"不懂了吧?"他补充了一句。

然后，他转过头，笑眯眯地问我："我说得对吗?"

我只得说："对。"

最近，周辞美又迷上了《平凡的世界》，赞不绝口，常常提及。

"那个剧不错，真实，写尽了那个时期的苦难，你看过吗?"

我说："没有，但我读过原著。"

"你有书?"

我说："有的，你若想看，我明天带过来。"

一开始，他说："好的。"但随后又对我说："文字我看不清了，要戴眼镜，不是很方便，还是看电视剧算了。"

周辞美善饮，酒量好，酒风也好，年轻时据说更好。年轻时，几乎天天有饭局，应酬多，酒就喝得多了些，但基本上没醉过。前几年，还是那样喝，吐了一次。他还得意洋洋地标榜自己，这是自己人生的第一次吐。起初，他还以为自己喝醉了，吐的是酒，结果没想到，吐的是血。

这一惊，非同小可，这才有所收敛。

"颜色差不多的，都是咖啡色，我哪里分辨得清是酒还是血?"他有些害羞地说。

周辞美喝酒时，从不劝酒，强调公平，量力而行。但有时候，酒性子上来了，就谁也拦不住了。我曾见过他一次喝酒，那顿酒从下午五点一直喝到晚上十点，从华灯未上一直喝到月明中天。人是越喝越多，酒瓶子是越叠越高，每个人都酩酊大醉，吐的吐，溜的溜，结果，一桌子的人只剩下他一个。我进去时，满地狼藉，看见他独自坐在首座上，腰板笔挺，坐得特别端正，眼睛瞪得圆圆的，脸上放光，洋溢着庄严的神情。

窗外，月圆天心。

我喊了他几声，他才回过神来。

"怎么，他们人呢?"

"都走了，只你一个了。"

他"呵呵"地笑了两声，高高扬起一只手，重重地拍了一下桌面，然后兴奋地说："好，那我们回家。"

他想站起来，但终于很困难，又一屁股坐回椅子里。

"来，扶我一下，我好像有点喝高了。"

他向我招招手。

比起喝酒，现在的他，更喜欢喝茶，或许是年龄的关系，也为了能更好地控制血糖。现在，那些所谓的应酬，他能推则推，实在推不掉的，也尽量少喝酒。为此，他还布置了许多茶室，从办公室开始到"华藏世界"，再到天蛙湖畔的望月楼，再到涌金广场，职工文体中心旁的玻璃屋，西沪华庭的小木屋、阳光房，连山顶头的钟楼底下也不忘开辟出一间茶室。大凡是一段时间内，他去得多的地方就会冒出一处茶室，备上茶具，喝三五个月，或是数年。

更多的时候，他是在走路，每天坚持走上一万步，才肯罢休，风雨无阻，钟摆似的刻板。他个子不高，身体敦实，走起路来步子虽然迈得不是很大，但频率很快，一般的年轻人还追不上他。家里的地下室、办公室、鲤龙潭的花园小径、西沪华庭……一边走，一边与人交谈，处理事务，从来两不误。

这一可贵的习惯他已保持了十多年，几乎成了他的健康秘诀。另一方面，他一直在为他的肚子烦恼，觉得它太大了，简直是个累赘。他希望通过这个世界上最简单的运动，能够减少点肚腩，使他的身体保持健壮。哪怕每天能够瘦下来一两，他也开心得像个孩子似的。

每次与周辞美交流，我都觉得是一次享受，是一次不可多得的丰富自己人生阅历的机会。自从2010年春季那个晴朗的下午，我第一次拜访他以来，我曾邀请许多朋友去过华翔山庄，他们中大多数人后来都不想再去，理由是他们觉得与周辞美相处太拘谨，他无形之中给人一种压迫感。

对此，我只能一笑了之，既不否认，也不肯定。在世俗的目光里，这种交往的压力确实存在，但我清楚，这种压力并不是源自周辞美，而是源自一些越来越扭曲的价值观，源自外人与他的零接触以及与他身后庞大的财富和高不可攀的成就的距离感。时间、空间和角色三者之间的不对称，是造成这种压力的根源。

行路人在眼前有一座高耸入云的大山时，也会产生这种感觉。

但如果剥离掉身上的诸多元素，那么他也是一位平凡的普通长者，只不过这位长者比起其他许多老人来要更智慧，更富有，更有气度和魄力，目光和胸襟也更开阔。

2018年，是我与周辞美共处时间最长久的一年，也是让我时时感到震撼的一年。那时他76岁。

他总是让我感受到他生命中源源不断地流淌着一种精神与力量，像一口永不涸竭的深井。

关于这一点，我在许多其他同龄的老人身上很难体会得到。在我的经验里，生命流程在76岁的人，总是会感觉到自己最美好的时间已经过去了，总是会有一点沮丧，有一点颓败。可是，在他，76岁的生命并不是这样的，他似乎总是在向我们暗示：一个人的生命并没有所谓的极盛与极衰，生命其实处于流转的过程当中。在与他交往的过程中，我经常体会到他生命中的广阔与豁达，仿佛是与生俱来的，并不因年龄的递增而减弱。

76岁，并不是休止符。

76岁，同样能够精彩纷呈，奏出生命的华章。

76岁，对周辞美而言，真的不算什么。

在我认识的所有企业家里，周辞美是一个最善于表达，也是最擅于讲故事的企业家，时时闪耀着智慧的光芒。

他思维敏捷，记忆力惊人，观点新颖、尖锐，常带有许多批判性，想说就说，从不遮遮掩掩，云山雾罩，欲说还休。高兴时，喜欢使用排比句，以排山倒海的气势倾泻而下，让人措手不及；不高兴时，他则一言不发，背着手，独自徘徊，拧眉沉思。这也造就了他的行事风格，横刀立马，干脆利落，该出手时就出手，从不拖泥带水。

周辞美的这个性格，颇具有豪放派诗人的遗风。有时候，我甚至觉得他这个人，乃至他的整个人生，就是李白的一首诗，或者是苏东坡的一阕词。

铁板铜琶，唱罢大江东去。

他的身上也确实具有诗人的气质。更重要的一点，他的想象力特别丰富，意象万千。

所以，平时的他喜欢诗，也写诗，而且出手很快，只需略一思索便成。至于好坏，合不合平仄、格律，这些条条框框的东西，他都一概不论，只想表达一下当时的情感而已。

有一次，他告诉我，他这辈子曾经写过许多诗，只是随写随丢，从不保留。后来有了微信，他就发到朋友圈里。

题望月楼

残光尚明迎黄昏，天蛙湖畔摇倩影。

初夏爽风夜沉沉，何妨相思到天明。

题鲤龙潭

假日无事坐山亭，群峰苍茫旭日升。

眼前景色画图里，林中传出诵佛声。

咏青松

青松有几年？傲然对群山。

风雨千万遍，兀立自泰然。

马尔代夫忆亲友

海天无边晨听涛，万里云飞白浪高。

独立赤道望东海，涛声问候亲友好。

观音诗

梅雪相迎鲤龙潭，根香普陀紫竹林。

爱护贫困出苦海，永洒甘露向人间。

天蛙湖听琴

天蛙湖畔闻琴声，灯照鲤龙留玉影。

饮茶兴浓夜未深，共剪夜烛忆青春。

这就难怪他在讲话时会运用许多名人的诗句，像曹操的《短歌行》，李白的《将进酒》《月下独酌》，还有鲁迅在《为了忘却的记念》里的"惯于长夜过春时"，等等，都是他所喜欢背诵的。

他说，这得归功于当年的供销生涯，搞业务的人能说会道是基本功，就像相声演员，最起码得学会说、学、逗、唱。

当然，这取决于场合，也取决于他的心情，什么样的场合说什么样的话，对他来说已是轻车熟路，拿捏得十分到位。

冠冕堂皇的套话他也会说，哪怕是闭着眼睛，也能说得缤纷亮丽。

如果是一个轻松的场合，他目光慈和，神采飞扬，妙语连珠，边说边配合着手势，与沉默时的他判若两人。

有一次，赖彩绒竞选西周镇巾帼联谊会的执委，结果，差了一票。得知消息后，周辞美开心得就像个孩子。后来，他常拿这个话题开涮赖彩绒，他在熟人面前就这样介绍赖彩绒："这是我的妻子，巾帼联谊会执委，括号，差一票。"

除了工作，生活中周辞美就是这样一个富有幽默感的人，努力把波澜不惊的日常生活调节得更有情趣。

在亲朋好友及公司员工的聚会上，他会兴奋地举着一个大杯子，满场游走，到处碰杯，一边走一边大声疾呼：

"干杯吧，朋友们，时代在变，世界也在变。"

高兴起来了，他还会唱歌，全然不理会自己唱得如何，有多少听众在场。坦率地说，他的歌唱得不好，几乎没有一个音是准的，典型的自编自唱。当别人被他的歌声逗得前仰后合的时候，他还在那儿卖力地将唱歌进行到底，脖子上的青筋根根饱绽。

听说好多年前，著名歌唱家关牧村到他家做客，他曾请求她唱一首歌，请求了几次，关牧村总是客气地婉拒，并且说："董事长先唱一首。"

这惹得周辞美兴起："唱一首就唱一首，有什么大不了的。"

于是，在一连喝了几杯红酒之后，他霍地站起来，一把拎过话筒，借着酒劲，脸红脖子粗地唱了一首《女人是老虎》。

结果我不得而知，猜想在关牧村漫长的歌唱生涯中，也是第一次见识到原来歌也是可以那样唱的。

　　此时此刻，作为一个集团公司董事长的威严与锋芒不见了，身上的诸多光环不见了，他成了一位热爱生活、正在尽情享受生活的普通老人，还流露着许多童稚般的天真与活泼。

　　说到童真，很多时候，他还真的是个老小孩。很多年以前，为了学习发短信，结果把短信错发到了门卫的手机里。有记者采访劳伦斯的外籍员工，他会背着手，一脸懵懂地站在被采访者的旁边，脸上挂着纯真的笑容，脑袋前倾，一直伸进了摄像机的画框内，似乎想听懂老外嘴里吐出的每一个词，其实他根本不懂外语。打牌的时候，十几张牌在他的手里就像是捧着一把纸扇，几乎每个人都能看到。如果遇到一手好牌，则又会把牌捂得紧紧的，目光得意地左右一扫，"腾"地跳起来，把牌在桌面上用力一扣，等待胜利时刻的到来。去三联农庄游玩，看到一只巨

生活中的周辞美与夫人赖彩绒

大的南瓜，他会双手张开，摆出想把它举起来的夸张姿势。与朋友们去国外旅游，别人好端端地站着拍照，他却搞突然袭击，在对方按下快门的一瞬间，从背后的花丛中伸出脑袋，张大嘴巴，做出怪叫欲吼状。还有一次，一起吃饭时，亲眼看到他将一条连头的小梅鱼一口塞进嘴巴，随后就拖出一条长长的鱼刺，全然不像他说的几年以前与英国考文垂市市长一同进餐时的优雅。

我猜想，周辞美的骨子里一定深深地镌刻着浪漫，因为只有浪漫的人才能对生活保持着如此的温度，才有可能忽视自己的年龄，迸发出天真和活泼。因为我知道，一个人如果对物质过于计较，他就会忽略生命中最美好的追求，那么他也就无法浪漫起来。

浪漫是需要条件的，这是人生的另一层境界。

但最后，我还是把它归结为时间。是看不见的时间使他一点一滴地改变了，返老还童了。我曾经端详过他其中的一张照片，那是他1985年与其夫人摄于上海的一张合照，悬挂在他家客厅通往阳光房的走廊上。

另一面墙上，同样悬挂着他及夫人与全国人大常委会原副委员长费孝通的一张合影。照片中的他风华正茂，目光犀利、有神，像刀锋一样。比现在要瘦，脸上的线条清晰刚毅，不像现在这么圆润饱满。尽管也在笑，但却时时能感受到那种暗藏的锋芒。

岁月轮回，一转眼，又是一个春节到了。

鲤龙潭里张灯结彩，装扮一新，大门上悬挂着"欢度2019春节"的横幅。在通向酒店的道路两旁，悬挂着一盏盏喜庆的红灯笼，给这一年一度的春节增添了红红火火的年味。

生活中的周辞美

　　这年的春节，周辞美决定在西周度过，敏峰一家人本来打算去泰国过年，为此，也推迟到了正月初二出门。毕竟父母年事已高，中国人阖家团圆的日子，能在一起就尽量在一起。

　　在大年初一的家宴上，面对着自己的父母、上百位前来贺岁的宾客，与往年相似，周晓峰与他的团队一起登场，一如既往地合唱了一首《真心英雄》。而平素不喜言辞的周敏峰，竟也打破往年的沉寂，破天荒地唱了一首歌。

　　他唱的是——《时间都去哪儿了》。

门前老树长新芽

院里枯木又开花

半生存了好多话

藏进了满头白发

记忆中的小脚丫

肉嘟嘟的小嘴巴

一生把爱交给他

只为那一声爸妈

时间都去哪儿了

还没好好感受年轻就老了

生儿养女一辈子

满脑子都是孩子哭了笑了

时间都去哪儿了

还没好好看你眼睛就花了

柴米油盐半辈子

转眼就只剩下满脸的皱纹了

……

这首不是最应景之歌，周敏峰唱得声情并茂、缠绵悱恻。

或许他是唱给自己听的，或许是他看到台下的父母不再年轻的脸庞，想起了龙应台在《目送》里曾经说过的那句名言？

"我慢慢地，慢慢地了解到，所谓父母子女一场，只不过意味着，你和他的缘分就是今生今世不断地目送他的背影渐行渐远。"

又或许，他是唱给消逝无踪、一去不回的2018？

灯光下，敏峰的双鬓也已经斑白。

在周敏峰唱这首歌的时候，我扭过头观察作为父亲的周辞美。我见他平静地端坐着，脸上瞧不出有什么特别的表情，沉稳得像一座山。

或者说，是一种过尽千帆的释然与从容。

或许，他已过了多愁善感的年龄，也参透了人这一生中的许多事情。

又或许，他全部的思绪都沉浸在那悠扬而略带伤感的歌词里。

音乐停止，全场肃然。

他站起身，端起酒杯，一仰脖，喝下了杯中酒。

他的脸已经有些红了。

"唱得好，敏峰。"

随后，他离开座位，从敏峰的手中接过话筒，一手举着酒杯。

"现在，我给大家背诵一首诗。"他高声宣布道。

还是李白的《将进酒》。

那是他平生最喜欢的诗，常常当众背诵。

君不见，黄河之水天上来，奔流到海不复回。

君不见，高堂明镜悲白发，朝如青丝暮成雪。

人生得意须尽欢，莫使金樽空对月。

天生我材必有用，千金散尽还复来。

烹羊宰牛且为乐，会须一饮三百杯。

……

他举起杯，再一次一口喝掉了杯中酒。

然后，杯口朝外，向着众宾客缓缓转了一圈。

"现在，我宣布，大家想喝的，继续喝！想回家的，回家！想打牌的，打牌！

"我们随意！"

第十二章
站在大地上的人

我们必须将双脚牢牢地站在大地上，办企业是如此，做人是如此，做其他任何事也应如此。

——周辞美

　　春节过后，南方的雨就多了起来。有飘飘洒洒、细如牛毛、润物无声的细雨，也有铿锵激昂、大如豆粒、气势磅礴的大雨。雨后，大地与青山就像洗过似的，绿是绿，青是青，色泽分明，使人心旷神怡。

　　空气里也飘荡着一丝丝甜滋滋的味道。

　　经历过深秋与寒冬的树木，枝头上长出了细细的芽，嫩嫩黄黄的，布满了绒绒的细毛。山上，竹波荡漾，竹笋在雨水的滋润下，一棵棵争先恐后地破土而出，翠绿的叶子带着露珠般的晶莹，在微风中舞蹈、跳跃。

　　远处，映入眼帘的港面上，升腾着一层薄薄的轻雾，像少女脸上曼妙的面纱，影影绰绰，半遮半掩。港对面的群山跌宕起伏，若隐若现。

　　雨停了，阳光穿过云层，斑斑点点地洒落在大地上。寂静的山道上，突然响起了久违的脚步声，一个头戴斗笠的挖笋老农从空蒙的竹山里走了出来，每一步，都那么沉稳有力。他的腿上沾满了竹叶和泥巴，裤子和衣服上也是。上衣不知是被细雨还是被自己的汗水濡湿了一大片。他微微地弓着腰，肩上担着两只编织袋，袋里盛满了刚挖的、新鲜的竹笋。

　　他看上去有些疲倦，但脸上却写满了喜悦的光彩。

　　也许，那是劳动的喜悦、丰收的喜悦。

　　在东海边的西周小镇，在那个名叫华翔山庄的地方，一间新布置的茶室里，一个看上去精神饱满的老人正与一群朋友围坐在一起，喝茶聊天。

茶室位于常乐寺四楼平台的其中一侧厢房，本来常乐寺与10号楼是分开的，但现在周辞美把它们连接了起来。从茶室的窗口望出去，是一个很大的平台，平台的边缘则是一条长廊，可供游人散步、休憩、凭栏远眺。

就在刚才，他完成了每天一万步的步行量，也刚刚与那个挖笋的老农聊了一会儿天。现在，他想坐下来休息一下，享受一下。他知道，人生再忙，有时候确实是需要停一停的。更何况，他那曾经装填了痛苦与坎坷的身子骨也是到了该坐下来好好歇歇的时候了。

他背后苍翠的马山顶上矗立着一座金色的药师佛，面向大海而立。

夕阳西下，阳光照射下来，斜斜地照耀在药师佛的身上，反射出万道霞光，仿佛佛光普照。

沿着南面的台阶从山顶缓步而下，则是新建的华翔馆。从华翔馆沿着一条新开辟的山道往北走，便是常乐寺。如今，常乐寺的翻修已经接近尾声，安装了电梯，有听经的讲堂、香客的客房。

楼下，拐弯进入常乐寺的道场，道场上高高矗立着一尊汉白玉做的韦驮雕塑。

二十多年来，对华翔山庄，周辞美几乎每一年都要投入，都要修整。有的动作大一点，有的微调，以逐步接近他心目中的完美。

尤其是近几年，他几乎造了一个全新的山庄。

常乐寺的旁边，转过一个弯的地方，矗立着一座影壁，上面题着一首诗，就是我们在第四章里曾经提到过的那首：

风刀霜剑几度春，华翔梦影渐成真。

浓雾托月马山惊,千古山庄是吾身。

与常乐寺隔路相望的一座建筑则是办公楼——马腾楼,除了电梯之外,也基本改建完毕,楼的顶端是一座空中花园,遍植花卉,四季不凋。

另有一台硕大的自鸣钟,钟的上面站立着一匹作势欲腾的钢马,前蹄腾空,高高扬起。

每到正点,自鸣钟便会发出嘹亮的报时声,在空旷的山谷里形成回音,传得很远,像是在警示人们:时间就像捏在手掌里的沙子,越漏越少,珍惜生命吧!

"十年,或者二十年,这个世界会发生什么,我们无从猜想,但肯定会发生许多事。不过,这么遥远的事已不是我所能关心的了,我把它留给了敏峰、晓峰那一代人。"

他喝了一口茶,没有立即放下杯子。他把它举在手里,慢慢旋转着,似在欣赏这杯子上的图案,又像在思考。一会儿之后,他放下杯子,继续说道:

"人这一辈子啊,我算是明白了,无非就是加加减减。年轻的时候,争强好胜,欲望大一些,做加法。到了60岁以后,欲望减退了,你也拼不动了,只能做减法。加加减减之间,一晃,这一辈子就算过去了。"

这世上,或许人一落地,命运已经如棋局,布好了阵势。只不过,有的人波澜不惊,几乎是一条直线,有的人则曲折悲壮,走的是一条曲线。他所走的每一步看上去都很险,却又稳稳地落在棋盘的一个空格里,带着超乎想象的美感,惊艳世间。

孰好孰坏?

没有谁说得清楚！

据说，大名鼎鼎的乔布斯在临终之前曾写过一段话："现在我明白了，人的一生只要有足够用的财富，就该去追求其他与财富无关的，应该是更重要的东西。也许是感情，也许是艺术，也许只是儿时的一个梦想。"

《平凡的世界》的作者，满腹才华却又英年早逝的路遥，当他写完《人生》时，曾这样总结自己的人生观。他说："尽管创造的过程无比艰辛，而成功的结果却无比荣耀。尽管一切艰辛都是为了成功，但是人生的最大幸福也许在于创造的过程，而不在于那个结果。"

曾经也有人问过周辞美差不多的问题，说："周董，你如何概括自己的一生？"

"我这一生是战斗的一生、风风雨雨的一生，也是成功的一生。"他略一沉吟，朗声回答道。

"那么，如果人生允许重来，你是否还会选择重走这一条路？"

"我愿意，对今生我已很满足，从不后悔。"

这一次，他连思考都免了，脱口而出。

这就是周辞美，知道拼搏，也懂得享受，从心出发，无问西东。这是他一辈子对生活的态度。

"只是，现在的我也不能太安逸，只要身体允许，我还有许多事情要做。"

我瞟了一眼窗外的群山，群山逶迤。我惊讶于山，不管狂风骤雨，岁月更替，它都静默地屹立着，把自己牢牢地扎进大地之中，就这样屹立了千万年。

接着，我把视线落在不远处的象山港上。港面宽阔，平静如镜，跳跃着斑斑驳驳的光点。

我也惊讶于水，集小成大，浩浩荡荡，百折不回，奔流入海。它与巍峨群山及苍茫大地一起，孕育了芸芸众生、世间万物，构成了我们生活的大千世界。

突然之间，我倒觉得眼前的周辞美与那山、那水竟有着许多微妙的联系：

沉稳如山，平静如水；果断如山，奔腾如水……

一个生于斯、长于斯的人，一个全身长满故事的人，一个白手起家的人，一个不服输的人，一个传奇，一个改革开放的弄潮儿，一个双脚牢牢屹立在大地上勇往直前的斗士……

在我这样想着的时候，寂静的山庄再一次飘荡起马腾楼上自鸣钟清脆的报时声。

于是，我写下了本书的最后一行字：

周辞美，一个站在大地上的人！

图书在版编目(CIP)数据

站在大地上的人 / 王益明著. — 杭州：浙江文艺
出版社，2022.5
ISBN 978-7-5339-6831-1

Ⅰ.①站… Ⅱ.①王… Ⅲ.①报告文学－中国－当代
Ⅳ.①I25

中国版本图书馆CIP数据核字(2022)第058101号

责任编辑　罗　艺
责任校对　许红梅
责任印制　张丽敏
封面设计　书道闻香
数字编辑　姜梦冉

站在大地上的人

王益明　著

出版发行　浙江文艺出版社
地　　址　杭州市体育场路347号
邮　　编　310006
电　　话　0571-85176953（总编办）
　　　　　0571-85152727（市场部）
印　　刷　浙江海虹彩色印务有限公司
开　　本　710毫米×1000毫米　1/16
字　　数　218千字
印　　张　17
插　　页　6
版　　次　2022年5月第1版
印　　次　2022年5月第1次印刷
书　　号　ISBN 978-7-5339-6831-1
定　　价　68.00元